Un Monde Parallèle

<u>Volume 1</u>

<u>BREMARD Maverick</u>

Sommaire :

Tome 1 : Prise de conscience

Chapitre 1 : Le commencement

Sur Terre, durant le 21ème siècle, plusieurs milliers d'adolescents et d'adultes de différentes origines furent capturés mystérieusement la nuit du 15 avril 2025.

Ils furent emportés sur un vaisseau immense de la taille de plusieurs villes, celui-ci se dirigea loin de la Terre afin d'éviter tout soupçon. L'évènement, dont les humains ne connaissaient pas la raison, fut appelé « l'enlèvement nocturne de 2025 » dans notre monde.

A l'intérieur de ce vaisseau, il existait un engin qui contenait 10 paliers.
Toutes les personnes capturées par celui-ci furent déposées au Palier 1.

Je regardais autour de moi, il avait beaucoup d'adolescents qui m'entouraient.
Je me sentais perdu, l'endroit où nous sommes est un amphithéâtre clôturé de barrières invisibles. Le silence et la peur sont les deux sensations qui dominent l'atmosphère, tous sont perdus comme moi. Il y avait des milliers de personnes regroupés là.

J'aperçus tout à coup Ewen et Thessa, je couru vers eux. En les rejoignant, je compris aussitôt qu'ils n'en savaient pas plus que moi. Dans leurs yeux je vis un sentiment d'incompréhension.

Je commençai : « Vous allez bien ? Où sommes-nous sérieux !? »
Tous deux ne savaient pas quoi répondre.

Une alarme retentit soudainement. Un géant de forme humaine d'environ 2.5 mètres de haut, avec trois cornes sur la tête sortit du plus haut étage de l'amphithéâtre pour s'adresser à nous tous :

« Bonjour Humains »

Tout le monde le regardait alors. Je compris vite qu'il n'était pas humain. Le ton de sa voix et la façon dont il s'exprimait prouvait sa différence avec nous.
Il continua :

« Je vais tout vous expliquer après avoir activé les règles et limites de ce vaisseau, cela ressemble à un jeu si vous préférez ! Cela va être amusant vous allez voir ! »

Il fit un geste avec sa main droite qui lui permit d'ouvrir une fenêtre virtuelle. Il réalisa une manipulation et certaines choses changèrent.

« Voilà ! Je vais donc vous expliquer : Vous êtes dans un vaisseau où le code y règne. Pour faire simple, vous avez passés un scanner qui vous as rendu génétiquement modifiable. Votre A.D.N se compose désormais de code, de chiffres tel une matrice. Vous êtes comme dans un jeu. Mais ce n'en est pas un. Votre objectif est d'atteindre le Palier 10. Je vous attendrais là-haut et vous devrez me tuer pour retourner sur votre planète. Il y a un système d'expérience, de points de vie. Plus votre niveau d'expérience évolue, plus vos statistiques augmentent. Vous avez la possibilité d'avoir des compétences qui vous permettront de faire des attaques spéciales. Vous disposez d'un inventaire virtuel qui vous permet de stocker et ranger vos objets. Il y a des quêtes à faire en solo ou en groupe. Vous pourrez former des guildes ainsi que des groupes pour vous battre. Il y a différentes classes que vous pouvez choisir, une par personne et définitive, faites le bon choix, des Boss apparaîtront à un endroit du Palier où vous aurez la salle du Boss. La mort de celui-ci entraînera l'ouverture du palier suivant. Les blessures sont superficielles, si l'on vous met un coup d'épée dans le bras vous ne perdez pas votre bras. Ce n'est pas un jeu, si vous mourrez, il n'y a pas de réapparition possible. Bonne chance ! »

Le géant disparu et un écran s'afficha devant nos yeux :

Une voix off féminine me dit « Quelle classe choisissez-vous ? » Sur l'écran il y avait plusieurs classes. Je choisis directement la classe épéiste.

Je reçu une épée dans mon inventaire que j'ouvris immédiatement. Je l'équipai. Ce monde est tellement superficiel et codé... mais il ressemble tellement à un monde réel.

Je regardais Thessa, elle avait choisi une rapière[1], et Ewen avait choisi une épée comme moi.

Les barrières invisibles autour de l'amphithéâtre furent soudainement enlevées.

Nous avions donc la possibilité de sortir de la zone et d'aller explorer le Palier 1.

Les personnes autour de nous étaient en train de partir. L'incompréhension, la confusion, le doute, le désespoir. L'ambiance avait évolué.

Avec l'habitude des jeux vidéo je ne mis pas longtemps à m'habituer au système.

Je regardai la carte, et je me posai une question : « Dois-je retrouver tous mes potes ou foncer avec Thessa et Ewen pour essayer de rejoindre un village et obtenir des ressources ? »

---

[1] Un type d'arme, comme une épée mais avec une lame plus fine et pointue.

Je leur proposai mais Thessa refusa. Je demandai Ewen en « groupe » via la fenêtre virtuelle, il accepta et je laissai Thessa rejoindre ses intérêts pour lesquels elle voulait rester.

Je montrais du doigt à Ewen le village où nous devions nous rendre. La route est longue et les ennemis sont nombreux. Ces monstres sont des sangliers, considérés comme des ennemis dans ce système. A l'aide de notre épée, nous ne mettons pas beaucoup de temps à les tuer.

Les mécaniques nous venaient en mains et Ewen passa niveau 5 et moi niveau 6.

Après un moment, nous nous arrêtons. « Cela ne te semble pas bizarre... On n'est pas dans un jeu... on combat réellement pour notre survie. » me dit Ewen.

« Oui tu as raison, il faut faire attention à nous ! »

« Dis Maverick, tu crois que Léna a été enfermé ici aussi ? »

« Peut-être... mais si c'est vrai, elle va survivre et on la retrouvera ! Tu le sais non ? c'est ta sœur et elle est super forte ! »

« Ouais ! T'as raison Mav, et toi ? Tu penses qu'il y a des personnes à qui tu tiens qui pourraient être enfermés ici ? »

« Ouaip, deux ou trois je pense. »

Notre échange se finit par une poignée de main, afin de continuer la route.

De son côté, Thessa cherchait après des personnes qu'elle connaissait.

Elle demanda à plusieurs personnes de l'aider mais personne n'accepta. Soudain, reniée de tous, elle tomba nez à nez avec Alexandre :

« Alexandre ! Je t'ai enfin retrouvé ! C'est quoi ce bordel sérieux ? On va faire quoi... »

« J'avoue c'est la merde, dit-il, mais on doit continuer et essayer de survivre ! »

« D'accord, alors il faut se lancer comme dans un jeu vidéo alors ! »

Soudainement, ils entendirent un cri d'une voix féminine au loin se rapprochant.

Elise les rejoignit.

« Oh ! J'ai cru que j'étais seule ! J'ai bien compris la situation, vous avez prévu de faire quoi ? »

« Je vais combattre les monstres pour augmenter mon niveau avec Alex et toi ? »

« Ah super moi aussi ! Je peux venir avec vous ? »

« Bien sûr ! » répondit aussitôt Alexandre.

Il y avait donc déjà deux groupes qui s'était formés. Ewen et Maverick, qui venaient d'atteindre le premier village et Alexandre, Elise et Thessa, motivés par leur grande aventure.

La nuit tombait déjà dans le système lorsque Maverick et Ewen atteignirent le village.

« Bienvenue au village de Sundine ! » annonça un homme.

« Il a un marqueur bleu au-dessus de sa tête ! Cela veut dire qu'il n'est pas réel ! c'est un personnage non joueur (PNJ) » remarqua Ewen.

« Tu as raison, on dirait qu'on est les premiers à arriver ! »

Ce village était éclairé d'une façon chaleureuse qui donnait un teint resplendissant durant la nuit.

« Allons chercher aux alentours du village les matériaux rares avant les autres ! »

« C'est parti ! » acquiesça Ewen

« Si on attend le prochain jour, d'autres personnes les auront déjà ramassés ! Il en va de notre survie, on n'a pas le choix ! » lui répondis-je.

Une lumière ressemblant à la lune éclairait les champs aux alentours du village.

« Ceux qui nous ont amenés ici nous ont étudiés… ils ont réussis à créer un système jour/nuit qui ressemble à celui de la Terre ! » dis-je

« Oui tu as raison ! J'ai remarqué qu'on comprend tout le monde bien qu'ils ne soient pas de la même origine que nous, ils auraient même intégré une mécanique qui consisterait à traduire et retranscrire dans notre langue ce que dit quelqu'un d'autre instantanément ? C'est dingue ! » répondit-Ewen

« Je n'y avais pas pensé mais ça me semble logique maintenant que tu le dis… »

Nous avançons alors en direction des premiers ennemis de la nuit et des ressources potentiellement collectables.

Ewen commença : « Couvre-moi ! Je vais les tuer ! »

J'acquiesça. Il venait d'abattre un épouvantail qui sortit du sol.

Alors qu'il récolta un autre minerai, deux épouvantails sortirent dans son dos. A leur vue, je sautai aussitôt et leur asséna un coup circulaire qui les décapita.

« Wow ! Merci beaucoup Mav' ! » me remercia-t-il.

Du côté de l'autre groupe, l'ambiance est totalement différente.

« Attention Thessa, sur ta gauche ! » cria Alexandre

Thessa se fit projeter 10 mètres plus loin par une énorme créature.

Elle perdit la moitié de sa vie.

« C'est un Sanglier Alpha[2] ! » cria Elise à son tour

Parmi les ennemis communs, il existe des monstres plus fort et doués que ceux de base. On les appelle les « Alpha »

Alexandre, mage novice, lança un sort basique pour immobiliser le Sanglier durant 10 secondes.
« A vous Elise et Thessa !!! »
Elise, épéiste et Thessa à la rapière, se lancèrent sur l'ennemi.
La créature Alpha avait perdu la moitié de ses points de vie, il chargea Thessa, qui avait le moins de vie, après que le sort d'Alexandre fut estompé.
Le colosse débaula sur Thessa et allait la tuer.
« Attention Thessa !!! » crièrent-ils
Un coup transperça net le Sanglier Alpha qui disparut en lamelle de code.
« On dirait que je t'ai sauvé la vie, non ? » lança l'homme mystérieux qui venait de la sauver.
« Oui merci beaucoup, j'ai eu peur, à qui dois-je ma vie ? » rétorqua-t-elle
« Je m'appelle Nathan, heureux de vous rencontrer »
C'est alors qu'une discussion s'en suivit et l'homme continua sa route.
« On le reverra sûrement… » chuchota Elise
« Oui ! J'espère, dit Thessa, en attendant nous sommes presque arrivés au village ! »

---

[2] Monstre possédant une puissance et une taille supérieure à la moyenne.

« Allons-nous reposer dans une auberge dès que nous y serons ! » finit Alexandre.

Ils continuèrent leur chemin vers la petite ville.

De son côté, Nathan était déjà arrivé, il partit à la recherche de minerais rares autour du village, comme Ewen et Maverick.

Avec le grand nombre d'ennemis qui les attaquaient sans cesse, le groupe d'Elise, Thessa et Alexandre était le plus lent. La « lune » allait laisser place au « soleil » et ils venaient seulement d'arriver à Sundine.
Ils cherchèrent l'auberge du village.
Sous la fatigue, Thessa aperçu une enseigne près d'un bâtiment. Ils entrèrent et une odeur d'alcool se fit ressentir.

« Vous croyez que c'est ? » demanda Thessa
« Oui, ça m'a l'air d'être un bar ! Dès la première nuit… il y a des gens qui ne perdent pas leur habitude. »

Une fenêtre virtuelle apparu devant eux. Il était inscrit :
« Avez-vous plus de 18 ans ? »
Deux choix se proposaient alors « Oui ou Non »
Ils firent demi-tour, n'ayant pas l'âge requis.

L'aube venait d'arriver sur le système. Le soleil commençait donc à se lever.

« Il faut vraiment qu'on trouve un endroit pour dormir… je suis HS » commença Alexandre.

Ils demandèrent à un joueur où se trouvait l'auberge. Il leur indiqua l'emplacement. Après deux minutes de marche, ils arrivèrent au bon endroit.

Elise s'adressa à la gérante de l'endroit, qui avait un marqueur bleu au-dessus de sa tête.

« Bonjour, pourrions-nous dormir ici s'il vous plaît ? »

« Bonjour, c'est 20 alc[3] par personne la journée » répondit la responsable, une femme PNJ.

L'argent dans ce système est donc l'Alc.

Une fenêtre apparue devant eux : Il était inscrit en grand « Accepter et payer 20 alc » ?

Ils cliquèrent sur Oui et l'argent fut automatiquement débité de leur inventaire virtuel.

Ils avaient réussi à en obtenir en tuant des Sangliers.

Celui qui met le dernier coup à un ennemi obtient les récompenses.

Ils montèrent dans la chambre. Elise commença :

« Reposons-nous bien ! Il faut être au taquet pour demain ! »

« Bonne nuit !! » dirent-ils ensemble.

Thessa éteignit la lumière.

Maverick et Ewen continuaient d'avancer :

« Ewen ! Tu tiens le coup mon pote ? » entreprit Maverick

---

[3] Monnaie d'échange du système.

« Ça va nickel et toi ? Je sens que ce soir nous allons bien dormir ! » répondit-il

« J'avoue ! Bon on fait quoi ? On cherche les matériaux pour se créer des meilleures épées ? »

« Allez ! » conclurent-ils.

« Excusez-moi de vous déranger messieurs !! » interpella une jeune fille

Ils s'arrêtèrent pour l'écouter, malgré la méfiance de Maverick.

« Je suis seule et je cherche mon petit frère... il a été emporté ici avec moi... je l'ai perdu. »

« Quel âge a-t-il ? » demanda Maverick

« Il vient d'avoir 10 ans… J'ai peur qu'il lui soit arrivé quelque chose » dit-elle

« C'est bien possible qu'il soit déjà mo… » commença Maverick

« On va le retrouver ne t'en fais pas ! » coupa Ewen

Il lança un regard noir à Maverick pour lui dire de ne pas inquiéter la jeune fille.

Je chuchotai alors : « ça ne sert à rien de mentir tu sais... »

Il détourna le regard sur la jeune fille

« Comment t'appelles-tu ? »

« Je me nomme Sophie ! »

« D'accord Sophie, on va le chercher d'accord ? »

La jeune fille devait avoir entre 12 et 15 ans.

Ewen lui posa pleins de questions pour savoir où pouvait se trouver son frère.

J'attendis qu'il eût finit pour avoir une discussion avec lui.

« Dis mec, tu veux vraiment t'en occuper de cette histoire ? Ça va nous retarder... »

« Elle m'a l'air sincère et je ne peux pas laisser une fillette en détresse comme cela... » dit-il.

« Okay ! De mon côté je vais avancer ! Je n'ai pas de temps à perdre, ça va aller toi ? »

« Ne t'inquiète pas Bro ! Je vais gérer ! Fais attention à toi, je t'ai ajouté en ami pour qu'on se retrouve via la fenêtre « Social » de notre inventaire »

« Ça marche ! Bon courage et prends pas de danger ! Ne meurs pas s'il te plaît ! »

Je lui dis cela avec une inquiétude qui me rongeait les os. S'il meurt je serais seul...

J'ai un super duo avec lui donc il doit vivre.

Nous nous séparons à ce point. Je dois devenir plus fort, pour pouvoir affronter le boss du palier 1.

De son côté, Nathan avait réussi à amasser assez de matériaux pour se créer une nouvelle épée. Il partit voir le forgeron et lui donna l'argent et les matériaux nécessaires. Son épée était resplendissante ! Cela lui permis d'avoir des statistiques meilleures qu'avec l'épée de base donné par le système. Il partit en direction de l'Est pour voir les bordures de ce palier.

Dans l'après-midi, Elise, Alexandre et Thessa se réveillèrent.

Ils se dirigèrent en direction du Nord vers la salle du Boss, pour s'entraîner là-bas et appréhender les lieux.

Ils arrivèrent sur place en fin de journée après une longue course afin de ne pas être trop lents.

De mon côté je me dirigeai vers la Salle du Boss, au Nord-Ouest de Sundine. J'avais eu le temps de fabriquer un équipement et une épée de niveau supérieur à la précédente.

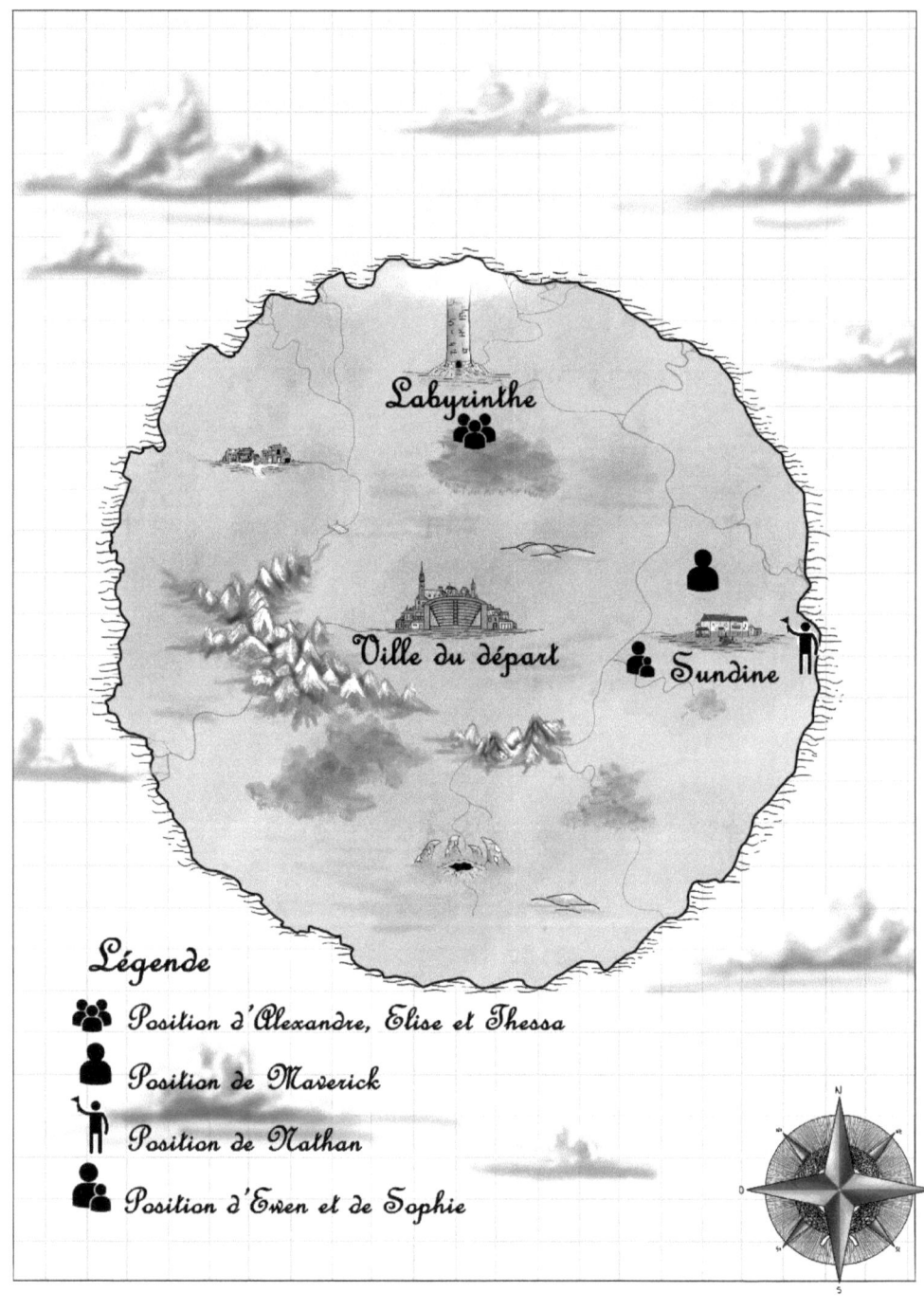

Labyrinthe

Ville du départ

Sundine

Légende

Position d'Alexandre, Elise et Thessa

Position de Maverick

Position de Nathan

Position d'Ewen et de Sophie

Chapitre 2 : Le labyrinthe

Je me dirigeais donc vers le Nord-Ouest de Sundine, en direction du labyrinthe du Palier 1.

A mi-chemin, la nuit tomba sur le système.

Soudain, un groupe de 4 Sangliers m'attaqua. J'avais débloqué une nouvelle compétence suite à l'évolution de mon niveau. Cette technique me permettait un combo à 3 coups.

Elle me permit d'éliminer le premier sanglier qui me chargeait d'une seule attaque.

Le deuxième vint m'attaquer. Il m'infligea quelques dégâts puis je contre-attaquai et en deux coups, il disparut sous une explosion de codes.

« Plus que deux… » me dis-je intérieurement.

Je pris mon épée à une main et la positionna horizontalement, je lançai un regard aux deux derniers sangliers, puis je chargeai mon épée pour infliger mon combo à 3 coups. Cette compétence à un nom : « TrialSquare ». Je fis un bond en avant sur 10 mètres pour me rapprocher des Sangliers.

Le premier coup du combo se dirige vers l'avant et transperce le dos du Sanglier, puis je m'arrête sec pour balancer mon épée vers la droite et frapper de pleins fouet l'ennemi, et le dernier coup, consiste à ce que je me retourne vers la gauche en faisant un peu plus d'un tour complet sur moi-même pour venir porter le coup final dans la tête de l'animal.

Il explosa en centaines de codes. Le dernier fut vite abattu par de simples coups.

Je continuai alors ma route.

Du côté d'Alexandre, Thessa et Elise, ils avaient trouvé l'entrée du labyrinthe.

Le bâtiment est un cylindre très large constitué de pierres qui monte jusqu'au ciel.

« Est ce qu'on visite rapidement ? » demanda Thessa

« C'est dangereux tu sais ! » dit Alexandre

« Certes, mais c'est ici que l'on aura de meilleures récompenses » ajouta-t-elle

Elle ouvrit la porte du labyrinthe et ils entrèrent.

Le « Labyrinthe » était considéré comme un long chemin allant de droite à gauche pour déboucher sur la Salle du Boss du Palier.

Après quelques mètres, deux monstres d'une hauteur de 3 mètres et ressemblant à des taureaux, leur tomba dessus.

« Oh punaise ! Faites attention, ils sont niveau combien ?!! » dit Thessa

Alexandre lança un sort de vérification de niveau d'ennemi.

« Ils sont niveau 15 ! » cria-t-il

Elise et Thessa s'enfuirent tandis qu'Alexandre invoquer un pantin pour les retenir et s'enfuir à son tour. Il se prit un coup de masse du premier Taureau et s'envola sur une dizaine de mètres en arrière jusqu'à atterrir sur ses fesses.

« Alex !!! » cria Elise.

Les Taureaux se mirent à courir vers les trois jeunes.

Elise utilisa un combo à deux coups pour parer la charge du premier taureau.

Elle y arriva avec bien du mal dû à la force du Taureau niveau 15. Quant à elle, Thessa esquiva l'attaque et contra avec un combo de cinq coups rapides en pointe à la rapière.

Les dégâts infligés étaient minimes. Alexandre avait réussi à passer niveau 12, Thessa niveau 11 et Elise niveau 13.

« Je sais ce qu'on va faire, commença Alexandre, je vais me concentrer pour lancer mon sort de duperie et vous devrez me couvrir, cela va prendre 15 secondes et ensuite on se casse !! »

Les deux filles lancèrent un « ok » d'approbation, il commença à invoquer le pantin.

Les taureaux le chargèrent.

Elise bloqua le premier en lui mettant un coup d'épée dans la jambe, tandis que Thessa utilisa la précision de sa rapière pour crever les yeux du deuxième. Un Taureau Alpha de niveau 17 se pointa derrière les deux normaux. Il chargea Alexandre. Il ne restait que 7 secondes avant que le leurre fonctionne.

Le Taureau Alpha avait deux grandes Haches.

« C'est fini… » pensa-t-il.

Il regarda ses coéquipières qui ne pouvait rien faire car elles bloquaient déjà un taureau. Sa barre de vie était trop faible pour reprendre un coup.

Le Taureau Alpha se rapprochait de plus en plus, mais c'était trop tard... encore 5 secondes... il aura déjà percuté Alexandre.

Une ombre passa au-dessus de lui et vient s'abattre sur le Taureau Alpha pour stopper sa course. C'était Maverick qui était là en train de bloquer le Colosse.

Au même instant, une légère brise soufflait alors, Nathan était arrivé à la bordure du Palier.

Le vide s'étendait à perte de vue tel le ciel de leur monde initial.

Une voix se fit entendre derrière lui.

« Alors il y a quoi ici ?! »

Un jeune homme courrait à grande vitesse, si vite qu'il ne sût pas s'arrêter,

Nathan l'attrapa d'une main ferme pour le retenir, il l'attira en arrière pour ne pas tomber avec.

Le jeune homme se rendit compte de son erreur.

« Wow merci mec ! Heureusement que t'étais là… sinon je serais… »

« Mort. Et dans le vide pour compléter cela. » coupa Nathan.

« Ouais… Comment tu t'appelles ? » questionna-t-il

« Nathan et toi ? »

« Je me prénomme Lilian »

Lilian était de taille moyenne, très fin et musclé et avait l'air d'un bon niveau.

Nathan put lire qu'il était de niveau 13.

Ils commencèrent à parler de l'immensité du monde puis dès l'arrivée de l'aube, ils se mirent en route vers l'objectif de tout joueur, le labyrinthe.

Lilian demanda à Nathan s'il était possible qu'ils forment un duo, Nathan accepta malgré son manque d'esprit d'équipe.

Du côté d'Ewen et de Sophie, ils arrivèrent enfin près de la ville de départ :

« OH ! Je le vois là-bas ! Il est contre la porte d'entrée de la ville de départ !! » cria Sophie.

« Eh bien qu'attendons-nous alors » commença à courir Ewen.

Sophie le rattrapa et ils rejoignirent Jules, le petit frère de la fille.

« Sophie ! c'est toi ?! J'étais perdu » se mit à pleurer le petit garçon.

Elle le prit dans ses bras sans attendre. Elle pleura elle aussi.

« Merci Ewen d'être venu avec moi ! Grâce à toi j'ai réussi à survivre. » dit-elle

Effectivement durant le voyage Ewen avait bien protégé Sophie.

Il était monté niveau 12.

« C'est normal ne t'en fais pas ! » répondit Ewen

« Tu as mon nom dans ta liste d'ami, donc je te laisse tranquille ahah ! »

« Je vais aller rejoindre Maverick. Prenez soin de vous et n'essayez pas de combattre des créatures trop dangereuses. Joue la sécurité Sophie. » conseilla Ewen.

Ewen pris la direction du Nord pour atteindre au plus vite le labyrinthe et rejoindre son ami.

Alors qu'il venait de retrouver le frère de la fillette, son camarade se battait toujours.

Maverick exécuta les deux autres coups du combo « TrialSquare ». La tête du Taureau niveau 17 était trop solide pour être coupé avec le niveau de Maverick. Il avait pris quelques niveaux et était passé 15. Il venait de sauver Alexandre qui venait de réussir à achever son sort.

Il fut efficace, les quatre jeunes se replièrent à l'entrée du labyrinthe.

« Ahhh, ce n'est pas pour maintenant ce foutu labyrinthe... » dit Thessa

« Ça fout la mort... continua Elise, de quel niveau doit être le boss du palier alors... »

« Je dirais 20, mais vous avez été inconscient d'aller dedans. Surtout toi Thessa ! Tu aurais dû me suivre dès le départ au lieu de penser à tes intérêts. De ta faute, Alexandre a failli y laisser la vie. » rétorqua-t-il.

La discussion s'en suivi par un ajout en liste d'ami.

« Ewen ne va pas tarder à nous rejoindre. Essayons de demander à deux ou trois autres personnes pour faire le labyrinthe, plus on est et plus on aura de chances de le terminer pas vrai ? » dis-je.

« Oui nous devrions essayer d'augmenter notre niveau, de finir le labyrinthe et ensuite d'aller juger si le Boss du Palier 1 est trop fort pour notre niveau ou pas ! » répondit Elise.

Les autres acquiescèrent.

Ewen avançait rapidement malgré les Sangliers qui continuait de l'attaquer.

Il remarqua hors du sentier, sur sa droite, une fille qui se battait seule contre trois sangliers.

« Mince elle doit être en difficulté ! » se dit-il

Il se précipita pour l'aider mais s'arrêta d'un coup net.

Elle venait de tuer les trois sangliers avec un combo à trois coups, son premier coup s'était dirigé sur le premier ennemi, le second sur le deuxième et enfin le troisième sur le dernier.

Les sangliers avaient été tué d'un coup.

« Elle doit être super forte » pensa-t-il.

La jeune fille se retourna sur lui et tous deux furent surpris.

Il courut et l'enlaça.

« Léna ! Tu vas bien… tu m'as fait tellement peur !! »

C'était sa sœur.

« Je vais bien ne t'en fais pas et toi ? Tu as vu ce bordel… Maverick n'est pas avec toi ? »

« Si, nos routes ont été séparés mais je m'en vais le rejoindre ! Pas question que tu restes seule encore ! Tu es niveau combien ? »

« Je suis niveau 18, dit-elle, et mon épée est amélioré au niveau 2 grâce aux matériaux que j'ai été cherché au Sud ! »

« Tu as été plus intelligente que les autres, bien joué »

« Oui, cela me permet de tuer les Sangliers sans problème. Rejoignons Maverick maintenant alors ! » dit-elle

Ewen acquiesça et ils foncèrent vers le labyrinthe.

Nathan et Lilian formaient un bon duo. Les ennemis sur le chemin ne leur résistaient pas.

Eux aussi étaient en route pour rejoindre le labyrinthe quand un lapin apparu à 40m d'eux.

Une notification était apparue chez tous les joueurs à proximité :

« Si vous tuez le lapin qui se situe dans votre zone, vous obtiendrez une récompense. »

« Vite ! » cria Lilian.

Ils coururent tous deux vers le lapin, qui détala à leur vue.

Chacun essayait de mettre un coup d'épée.

Tout à coup, le lapin leur fit volte-face, un éclair tomba et ils furent projetés en arrière.

De la fumée se dégageait de l'endroit où l'éclair était tombé.

Une violente forme se faisait apercevoir dans l'ombre.

De la fumée sortit un mutant d'apparence de lapin avec une masse.

Il se dirigea contre Nathan et Lilian, encore ébloui par l'éclair.

Le mutant faisait trois mètres de hauteur.

Une jeune femme s'approcha rapidement pour s'affronter à l'ennemi.

Nathan et Lilian s'y attaquèrent eux aussi.

Alors que le lapin géant dirigea son coup de masse vers Lilian, Nathan dévia sur le côté droit et trancha le ventre de l'ennemi. La jeune femme fit de même du côté gauche.

Lilian chargea son katana pour exécuter un combo de deux coups, qu'il utilisa pour parer la masse du Lapin.

Nathan exécuta un combo de trois coups pour finir le Géant.

Il obtenu la récompense.

« Merci de nous avoir aidé » dit-il à la fille

Il regarda son butin, il avait obtenu trois livres d'expérience. Il en donna un à la jeune femme et à Lilian.

Ils l'utilisèrent, ce qui leur conféra 2 niveaux chacun.

« Je m'appelle Inès ! Et vous ? » commença la jeune femme

« Moi c'est Nathan et lui Lilian ! »

« Je cherche Maverick ! Mon meilleur ami... il faut que je le retrouve pour former un groupe avec lui » dit-elle

« Je le connais aussi, c'est un très bon pote » continua Lilian.

« Le connaissant il doit être parti vers le labyrinthe ! Allons y jeter un œil si vous n'avez rien d'autre à faire » demanda-t-elle

Ils continuèrent leur route vers le Nord-Ouest.

Du côté du groupe au labyrinthe, allait se passer quelque chose d'important.

Un groupe de 9 personnes se dirigèrent vers Maverick et les autres.

Il était constitué d'adultes de 30 à 40 ans.

Parmi eux je vis Florian ! L'un de mes plus grands amis. J'étais content qu'il soit en vie, mais vu l'approche du groupe je ne l'interpellai pas.

« Bonjours jeunes adultes ! Nous sommes un groupe qui s'en va explorer le labyrinthe pour tuer le Boss du Palier 1 et donner de l'espoir à des jeunes comme vous. » dit le chef du groupe.

« Bonjour, très bien mais... quel niveau êtes-vous ? » répondis je

« En moyenne niveau 15 ! Laissez-nous passer s'il vous plaît ! »

« Hors de question ! Nous avons besoin de gens comme vous pour survivre. Si je vous laisse passer vous allez mourir là-bas ! Les monstres du labyrinthe sont bien trop fort !!! » dit-je

« Je n'ai pas peur. Et mes camarades non plus. Si c'est comme cela il va falloir régler ce différend par un duel ! » dit-il

Dans ce monde, il existe un système de duel qui permet de régler des comptes sans se tuer.

Lorsque nos HP[4] tombent à 1, nous sommes « éliminés » du duel et le système nous protège pour ne pas perdre le dernier HP.

« Si nous gagnons, on passe, si vous gagnez on reviendra dans 24 heures. »

Je regardai mes amis, ils me firent un signe de la tête en guise de « vas-y »

« J'accepte ce duel à une condition ! »

« Laquelle ? » me répondit il

« Que mon ami Florian vienne dans notre camp. »

Il se retourna vers Florian qui nous rejoignit aussitôt.

Je vis Ewen et Léna arrivait derrière le groupe.

« Yo Mav' ! Je suis de retour avec Léna ! » lança-t-il

« Ewen, rien de cassé ! Content de te revoir Léna » dis-je d'une manière heureuse !

« Désolé d'interrompre les retrouvailles mais je dois passer ! » dit le chef du groupe

---

[4] De l'anglais Health Point, signifie le nombre de points de vie d'une personne.

« Très bien alors ce sera du 8 contre 7 ça vous convient ? »
« Parfait »

J'invitai alors mes amis dans mon groupe et le chef m'envoya l'invitation de duel.

Il y avait trois filles assez costauds, toutes les trois sœurs on aurait dit.

Un des hommes était plutôt faible physiquement et les trois autres avaient l'air moyen.

Le Chef, lui, était musclé et plutôt fort.

Florian nous donna des informations avant le duel :

« Les trois filles utilisent une rapière pour la précision, l'homme le plus faible est un mage réellement entraîné, les trois autres hommes sont à l'épée et le chef utilise un katana. Quant à moi je suis un mage mais j'ai aussi une capacité à l'épée mais je ne sais pas pourquoi. Je vais pouvoir vous soigner, essayez de vous protéger les uns les autres, Alexandre et moi allons rester en arrière. Il faut que l'un de vous cinq vise le mage. »

Effectivement le combat aller se jouer entre 8 adultes contre Alexandre, Elise, Ewen, Florian, Léna, Thessa et moi.

« Un 8 contre 7, on va se faire repousser » dit Alexandre.

« Non on va y arriver » dis-je.

Je voulais les motiver ! Un décompte eut lieu puis le duel commença.

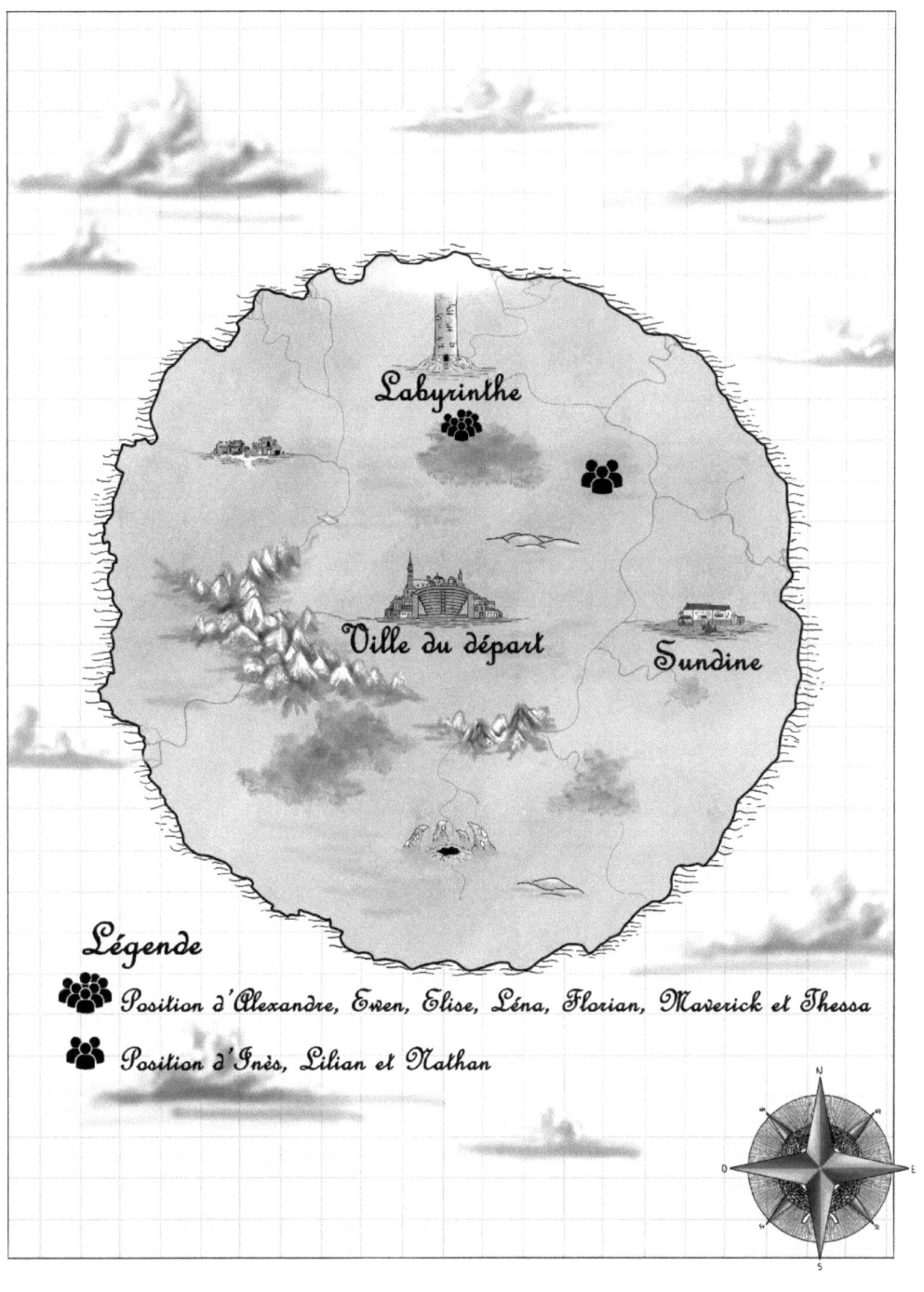

Labyrinthe

Ville du départ

Sundine

Légende

Position d'Alexandre, Ewen, Elise, Léna, Florian, Maverick et Thessa

Position d'Inès, Lilian et Nathan

Chapitre 3 : Victoire ou Défaite ?

Le combat débuta.

Le mage ennemi chargea un sort.

Alexandre et Florian se mirent d'accord sur le fait d'essayer un sort de ralentissement qui prendrait un peu de temps à réaliser. Ils se concentrèrent sur la formule en faisant confiance à leurs amis.

De leur côté Elise et Thessa s'affrontèrent aux trois femmes ennemies, Elise utilisa un combo à deux coups pour frapper une femme parmi les trois. Thessa se concentra sur cette même fille qui fut désemparé. Thessa reçut les coups de rapière des deux autres femmes.

Après quelques combos et plusieurs dégâts infligés, la femme fut éliminée. Thessa avait perdu les 3/4 de sa vie. Elise et Thessa lancèrent un combo en duo qu'elles avaient réussi à débloquer avec les compétences de Social du jeu.

Lorsque que deux personnes sont dans le même groupe, et qu'elles combattent ensemble le même ennemi, il est possible qu'elles débloquent une compétence unique à réaliser ensemble. C'est donc comme cela que deux personnes peuvent lier des liens d'amitiés. La compétence n'est donc réalisable que par les deux personnes qui la possèdent.

Leur combo portait le nom de « TruthGirls »

Elise porta d'abord le premier coup du combo sur la première fille, son coup consistait à la désemparer de son épée. Puis Thessa arriva par derrière et transperça la fille avec sa rapière en 7 coups.

 C'était un combo très compliqué à réaliser dû à la complexité des coups à porter. La dernière fille élimina Thessa, elle était plus forte que les deux précédentes.

C'était elle contre Elise.

« Je ne perdrais pas ! » pensa intérieurement Elise.

Les trois épéistes affrontèrent Ewen et Léna. Pour ces deux-là ce combat déséquilibré était pourtant simple. Bien habitué par les combats, ils se débarrassèrent de deux garçons sans difficulté. Ewen avait effectué un combo à deux coups qui trancha un bras au premier garçon. Le deuxième attaquait Ewen dans le dos. Il prit beaucoup de dégâts. Léna utilisait son épée de niveau 2, ce qui lui facilita la tâche pour tuer l'épéiste qui lui faisait face.

Ewen para l'attaque du dernier ennemi. Léna se dirigea contre le garçon pour le frapper de plein fouet dans le dos.

De mon côté j'affrontais le Chef, je ne faisais clairement pas le poids face à lui, mais je devais lui tenir tête et leur acheter le plus de temps possible.

Il chargea une attaque à un coup avec son katana. Il était hyper rapide et très robuste dû à son âge et sa force. Je bloquai son attaque avec mon combo à trois coups « TrialSquare » qui rivalisait de justesse avec sa simple attaque...

« Il m'a dit qu'ils étaient en moyenne niveau 15, mais c'est impossible, il doit avoir beaucoup d'HP vu sa force, il a menti il doit être niveau 25 » me dis-je intérieurement. Ma réflexion me coûta ma vigilance.

Je me pris un coup qui m'enleva une vingtaine de Points de vie.
Soudainement le mage ennemi cria, il lança le sort qu'il chargeait depuis tout à l'heure.

Une boule de feu puissante vint s'écrasait au milieu du combat.
Florian et Alexandre ne furent pas touchés. Je me retrouvai à 22 HP avec les dégâts subis.
Ewen fut éliminé, il s'était pris de plein fouet l'explosion.
Léna fut gravement blessée mais son armure lui avait empêché certains dégâts additionnels de magie. Elise ne fut pas touchée non plus.

Alexandre avait fini de charger son sort de ralentissement qu'il utilisa contre le dernier des épéistes ennemis. Léna put le tuer rapidement et facilement malgré sa vie assez faible.
Elise fut éliminée face à la fille qui était assez forte. Léna se dirigea vers la dernière ennemie. Alexandre chargea un nouveau sort surpuissant.

Le Chef me mis un coup qui m'enleva encore une dizaine de points de vie, je tombai au sol.

Florian lança son sort de ralentissement qu'il venait d'achever sur le Chef.

Le mage ennemi était prêt à renvoyer un nouveau sort. Florian utilisa un sort de rapidité pour foncer sur le mage adverse en utilisant son changement de classe en tant qu'épéiste.

Il utilisa un combo à trois coups. Le premier visait le bassin gauche du mage, puis il tourna sur lui-même pour rajouter un deuxième coup au niveau du ventre et sauta en haut pour achever l'ennemi d'un coup final dans la tête.

Le mage perdit tous ses HP et fut éliminé.

Léna utilisa son combo de trois coups usuels pour tuer la dernière fille et se dirigea contre le Chef pour me protéger.

Il abattit son katana sur moi et je fus éliminé.

Léna arriva à toute vitesse sur son côté droit et se prit un revers de katana. Le Chef l'enchaîna par un combo de deux coups qui l'élimina direct.

Florian débarqua par l'arrière en sautant.

Le Chef chargea à nouveau un combo que je n'avais alors jamais vu. Ce combo s'appelait « Backstapping » il fit deux tours sur lui-même pour se retourner et envoyer un gros coup dans le ventre de Florian avant qu'il n'ait le temps de le toucher.

Il fut éliminé aussitôt.

Alexandre avait fini de charger son sort.

Le Chef avait encore au moins une centaine de Points de Vie.

Son sort en main, Alexandre courut en direction du Chef pour se rapprocher au plus possible. Ce sort, il ne pouvait l'utiliser qu'en duel.

Le Chef envoya un coup vers l'avant qu'Alexandre évita en plongeant sous lui.

Il exécuta son sort. C'était un sort de Suicide explosif qui lui ferait perdre tous ses HP mais ferait aussi énormément de dégâts.

Malheureusement ce ne fut pas assez, Alexandre fut éliminé en premier et le Chef fut vainqueur.

Tous nos HP se réinitialisèrent et on récupéra tout comme avant le combat.

« Eh bien ! Félicitations ! Vous avez failli nous tuer. » commença le Chef.

« Bravo, vous vous êtes bien battus, je respecte ma promesse, vous pouvez passer, mais dites-moi quelque chose avant, quel niveau êtes-vous ? » répondis-je

« Je suis niveau 22, merci jeune homme ! A bientôt j'espère. »

Ils entrèrent dans le labyrinthe.

« Florian tu restes avec nous ? »

« Oui ne t'en fais pas Maverick »

« En tout cas, on s'est bien débrouillés ! Bien joué les gars »

Je les encourageai et ils se félicitèrent les uns les autres.

Nous étions là un très bon groupe qui pouvait aller loin !

Au loin je vis trois personnes débarquer en courant.
Je reconnu Lilian et Inès accompagnés par un autre jeune homme.
« Hey Maverick ! » me lancèrent Inès et Lilian
« Ça fait plaisir de vous voir les amis ! Je vois que vous vous êtes bien débrouillés ! »
Je remarquai que l'autre homme partit voir Thessa.
« Il s'appelle Nathan, je l'ai rencontré à la limite de ce Palier, vers l'Est de Sundine » me dit Lilian.
« Ah d'accord... »

Intérieurement je me méfiais.
« Devine quoi ! » me repris Lilian.
Les autres parlaient entre eux et faisait connaissance avec Inès.
« Je ne sais pas, qu'y a-t-il ? » demandais-je à Lilian.
« La limite du Palier est un cercle concentrique de vide et d'air. En gros, si tu tombes tu meurs. »
« Nan ?! Mais c'est dangereux... Et cela veut dire que l'on ne peut pas rester au Palier 1 si l'on ne cultive pas par nous-même... Les ressources ne sont pas illimitées ici. Le terrain à l'air assez beau mais cela cache quelque chose, cela se ressent, tout est codé. »
« Tu as sûrement raison » me répondit-il.
J'ajoutai Lilian et Inès dans le groupe.

De son côté Nathan était parti parler avec Thessa.
« Tout vas bien ? Depuis la dernière fois... ? » dit-il

« Oui, merci encore, j'ai eu peur qu'il t'arrive quelque chose. »

Elle lui fit part de son inquiétude.

« Je crois... que je suis tombé amoureux de toi » avoua Nathan

« Mais tu es une personne qui aime être solo... » finit elle.

Il acquiesça. Maverick interrompit leur discussion.

« Nathan c'est bien cela ? Tu souhaites te joindre à nous ? »

« Non merci, je m'en sors bien seul. Je vous laisse, à bientôt » dit il

« Attends... » entreprit Thessa.

Il partit. Je demandai aux personnes du groupe ce qu'ils voulaient faire.

Léna et Ewen souhaitait rester avec moi, il en alla de même pour Inès et Florian.

Alexandre, Thessa et Elise se joignit à Lilian. Ils avaient vu un événement intéressant près du village de départ. Le nom de cet événement est « Palier Changes »

Ce qui donnait encore plus envie de participer à l'évènement.

De notre côté nous choisissons d'affronter les monstres du labyrinthe et de partir à la recherche du groupe de 8 personnes que nous avions affrontées précédemment.

« Alors, on se dit à une prochaine fois ?! Vous ne mourrez pas hein ! » dit je

« Ça marche, ne t'en fais pas Mav » me dit Alexandre.

Leur petit groupe de quatre avait l'air de bien fonctionner.

Il y avait donc d'un côté Alexandre, Elise, Lilian et Thessa qui pris la direction du Sud pour la ville de départ afin de participer à l'événement.

De l'autre côté, Inès, Florian, Léna, Ewen et moi partirent pour affronter le labyrinthe.

Nathan lui était parti s'entraîner vers l'Ouest du labyrinthe.

« Je ne le sens pas ce Nathan » me confiais-je à Florian
« Il a l'air bizarre, et solitaire aussi » acquiesça-t-il.
Nous entrons dans le labyrinthe, j'étais assez fatigué...
« Vous êtes fatigués ? » demandais-je
Ils me répondirent que oui, la fatigue commençait à peser.
J'avais acheté des objets qui permettent de « planter une tente » et de dormir.
« J'en ai que 2 donc on va partager en fille/garçon. »
Léna et Inès dormirent ensemble, Ewen dormit avec Florian et moi.

Sur leur route, plusieurs Sangliers ne posèrent aucun problème au groupe rejoignant le village de départ. Ils arrivèrent vers 00h. Le village était éclairé. Ils cherchèrent une auberge pour se reposer.
Ils payèrent et alla se coucher.

Thessa se promena seule dans les rues, elle avait dit qu'elle n'était pas fatiguée pour échapper à la vigilance de ses amis.

Elle cogitait...

« Que dois-je faire... Je suis tombée amoureuse de lui, mais il est solitaire comme un loup. Tout ce que je veux c'est être à ses côtés. »

Elle décida de lui envoyer un message via la fenêtre social de son inventaire.

« Salut Nathan... Moi aussi je suis tombée amoureuse... Demain je fais l'événement de la ville de départ... Tu n'as qu'à m'y rejoindre si tu veux... »

Elle monta dans l'auberge pour aller se coucher.

Nathan reçut le message durant un combat difficile, cela le perturba et il se prit un coup violent.

Après s'être débarrassé de ses ennemis, il lut le message.

« Dois-je vraiment écouter mon cœur… Je dois penser à ma propre survie... »

Il décida tout de même de partir en direction de la ville de départ, avec ses points de vie manquant dû au violent coup qu'il s'était pris.

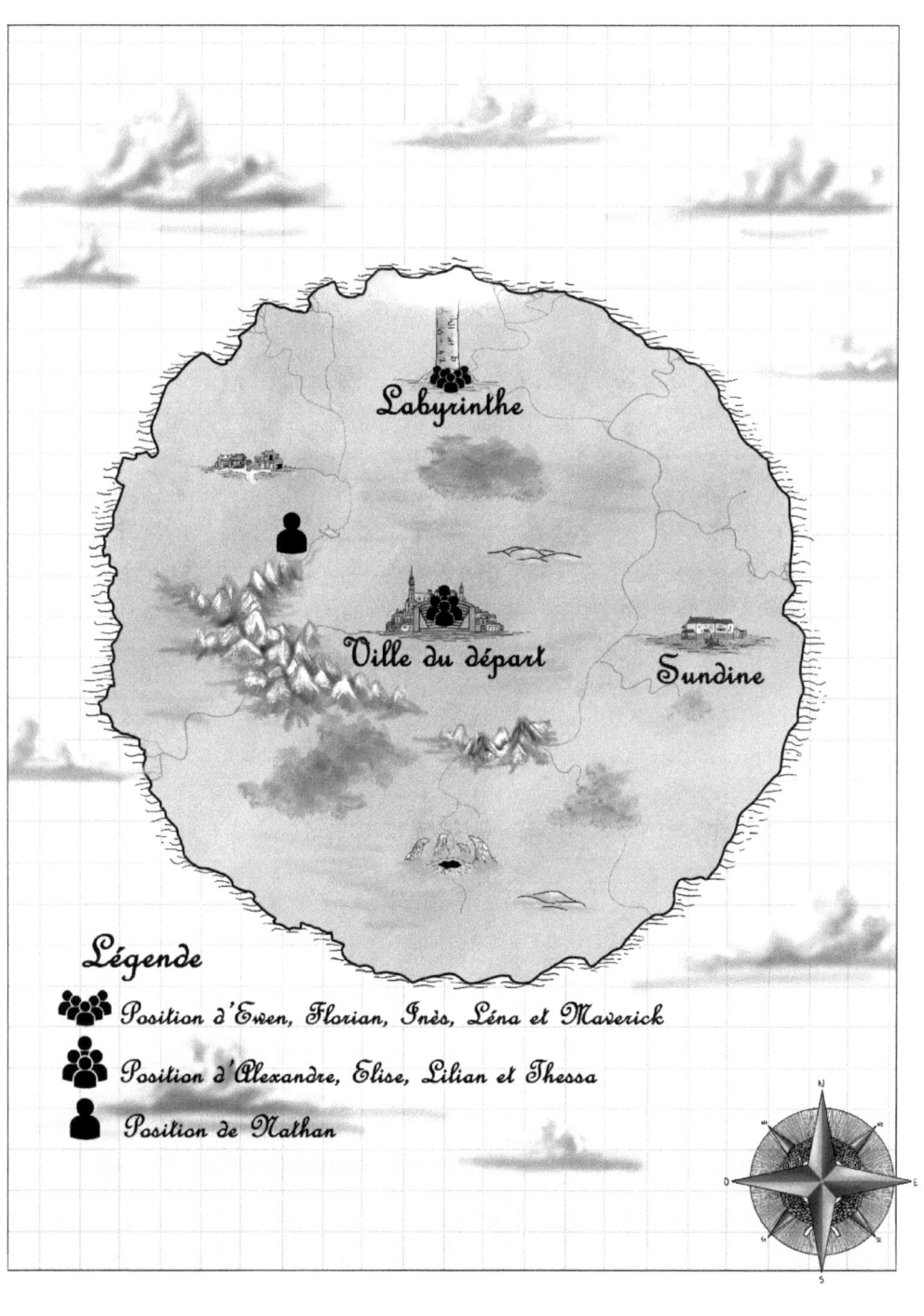

Labyrinthe

Ville du départ

Sundine

Légende

Position d'Ewen, Florian, Inès, Léna et Maverick

Position d'Alexandre, Elise, Lilian et Thessa

Position de Nathan

Chapitre 4 : Destruction

La nuit passée, Maverick et le groupe se réveillèrent pour commencer à explorer le labyrinthe

Une fois sortis des tentes, elles disparurent en éclat de codes.

Nous avancions donc dans le labyrinthe.

« Tu penses que le Boss de ce Palier est si fort que cela ? C'est que le Palier 1 ! » demanda Inès

« Il est possible qu'il soit assez compliqué oui... » lui répondit Léna

« On va y arriver non ? » dis-je

Ils acquiescèrent.

Sur le chemin, un Taureau de niveau 19 barrait la route.

Florian chargea un sort de gel.

Léna se mis en garde pour frapper le premier coup. Elle planta son épée dans le ventre de l'ennemi pour lui briser des os. Le taureau allait abattre sa massue dans la tête de Léna.

Ewen vint se positionner afin de viser l'arme de l'animal. Il chargea un combo a deux coups pour parer l'attaque.

Inès et Maverick attaquèrent en même temps la bête. Elle frappa le genou gauche et moi le droit.

Il tomba vers l'avant et Ewen et Léna reculèrent.

« Attention !! » cria Florian

Il lança le sort de glace qui fut projeté droit devant lui, Léna et Ewen s'écartèrent au bon moment et le Taureau fut gelé.

« Plus qu'à briser la glace » dit Maverick
Ils la cassèrent et l'ennemi fut vaincu.

La route était encore assez longue mais la grande porte se faisait entrevoir.
Sur le côté du chemin on pouvait remarquer une petite ouverture qui menait à une salle.
On entra à l'intérieur. Il y avait un coffre, Ewen l'ouvrit.
Soudain une trentaine de sangliers apparurent et commencèrent à nous attaquer.
J'en trancha trois avec mon combo TrialSquare et Léna en fit de même avec son autre combo.
Ewen avait appris un combo à 4 coups. Il réussit à tuer 6 sangliers avec.
Sa technique s'appelle « QuatuorDischarge ».
Inès en tua deux avec des simples coups d'épée. Il en restait 16. Florian décida de passer en mode épéiste lui aussi. Il en tua deux comme Inès.

Les 14 derniers furent tués rapidement. La récompense était un gain de 3 niveaux à toutes les personnes dans la pièce.
« Waouh, c'était chaud » commença Ewen
« Effectivement, j'ai perdu beaucoup de HP » continua Léna
« On les as vaincus ! J'ai des sandwichs si vous voulez » proposa Florian
On en prit un chacun et nos HP furent restaurés.

Après cette pause repas, nous reprenons la route vers la grande porte.

Des coups d'épées se faisaient entendre au loin, des cris violents les accompagnant.

Le groupe courra aussitôt pour voir ce qu'il se passe.

« Oh… bordel… » dit Inès
« Non mais... c'est impossible... pourquoi ont-ils fait cela ! » criait-je

L'équipe des adultes que nous avions affrontés, étaient rentrés dans la Salle du Boss pour affronter le Boss du Palier.

Ils se faisaient massacrer. Plusieurs d'entre eux étaient déjà morts, le jeune mage et le Chef étaient ceux qui résistaient le mieux. Ceux qui restaient n'avait plus beaucoup de points de vie.

« Que faire… nous sommes juste 5... mais je ne peux pas les laisser mourir... » pensais-je.

Du côté de la ville du départ, un son de cloche lourd résonna,

C'était l'horloge de la ville qui sonnait l'événement qui débutait.

Elise, Alexandre, Lilian et Thessa se tenaient là, accompagnés par plusieurs autres personnes.

L'événement avait lieu dans la ville de départ.

Un énorme dragon apparut au-dessus de l'horloge et détruisit la moitié des bâtiments de la place centrale. La panique se fit entendre.

« C'est quoi ce bordel !!! » cria Elise

Des lézards géants firent leur apparition dans les rues de la ville.
L'enfer des flammes du dragon se déchaîna sur les joueurs.
Plusieurs personnes de bas niveau furent tuées sous la chaleur et les dégâts des Flammes.

« Vite par-là ! » cria à son tour Lilian

Ils s'enfuirent dans une ruelle adjacente de la place centrale.

Au loin, Nathan, qui avait récupéré tous ses HP se dirigeait vers la Ville du départ.
Lors de l'apparition du dragon, il eut peur. Il était géant et faisait la taille de 5 bâtiments.
Avec ses deux ailes d'un rouge bordeaux, son corps immense et épineux, il avait une gueule de dragon qui inspirait la peur chez tous.

« C'est quoi ce truc !!! C'est ça l'événement ? » se demanda Nathan

Le Dragon était niveau 50.

Alexandre percuta un caillou et se rua au sol. Thessa le releva.

« Vite ! Il faut fuir de cette ville ! » cria-t-elle.

Ils repartirent à toute allure. Lilian remarqua sur le côté quelque chose qui lui brisa le cœur...

Une petite fille qui tenait son frère en train de mourir.

Elle pleurait et criait de désespoir le nom de son petit frère

« JULES ! Ne me laisse pas !!!! »

Son frère disparut en lambeaux de codes... Elle fut abattue.

Un lézard se dirigea sur la petite fille. Il la tua en un coup de langue.

Elle disparut elle aussi en codes, avec une dernière phrase à la bouche,

« Merci Ewen... »

C'était Sophie qui venait de mourir.

A cet instant, Ewen ressentit un pincement au cœur, mais trop occupé à cause de ce qu'il se passait du côté de leur groupe.

Nathan se dépêcha, il entra dans la ville et regarda sa carte virtuelle où la position de Thessa était indiquée.

Il fonça au plus vite vers elle.

De leur côté le groupe de Lilian, Alexandre, Thessa et Elise se faisait attaquer par deux lézards.

Alexandre allait se chargeait du soin, Thessa et Elise du lézard sur la droite et Lilian de celui à gauche.

Thessa lança son combo « TruthGirls » en duo avec Elise, malgré le niveau 23 du lézard, cette technique lui enleva beaucoup d'HP.
Mais ce combo demandait beaucoup d'énergie aux deux filles.
Le lézard avait survécu mais il lui restait 50/143 HP
Il attaqua Thessa avec un coup de langue qui lui enleva la moitié de sa vie. Les attaques des lézards étaient réellement puissantes.

De son côté, Lilian attaqua le Lézard, il découpa ses pattes d'une traite avec un combo à deux coups. Pour le premier, il trancha les pattes du côté droit en une attaque éclaire et pour le deuxième, la même chose du côté gauche.
Il reçut un coup de langue qui lui déroba 30 HP

Thessa finit le lézard du côté droit avec son combo à neuf coups à la rapière.
Il explosa sous forme de codes.

Lilian fut soigné par Alexandre et il attaqua le lézard jusqu'à le tuer.
« Waahh on a géré sur ce coup-là ! » dit il
« Mais c'est encore l'enfer ! Attention aux flammes !!! » cria Thessa.

Les flammes du dragon ravagèrent toute la ruelle, ils perdirent plus de 75 % de leur HP.
Quand soudain un lézard se pointa sur le toit du bâtiment.
Un coup de langue suffirait à les tuer.

Tout à coup le lézard fut transpercé en 5 morceaux.
Nathan était enfin arrivé !
Il était blessé lui aussi, mais avait réussi à sauver le groupe du dernier lézard.

« Vous allez bien ? » commença-t-il
« Nathan !! » cria Thessa
« Oui ça va grâce à toi, répondit Lilian, mais nous devons sortir de cette ville au plus vite. »
« Suivez-moi ! » dit Nathan

Le groupe suivit Nathan et ils sortirent de la ville avec quelques blessures et beaucoup d'HP en moins.
Ils s'éloignèrent pour se mettre en sécurité. Au loin les fumées et les feux faisaient rage, la plupart des bâtiments étaient détruits et en ruine.
La ville n'était plus comme avant... Cet événement avait tué beaucoup de personnes et avait créé la peur parmi les gens.

Le dragon s'envola à toute vitesse et pris la direction du sud.

De leur côté, Maverick, Inès, Florian, Léna et Ewen étaient choqués par l'atrocité de la scène qui se tenait devant eux.

« On ne peut pas rester là... » pensais-je

Le mage venait de se prendre un coup de massue qui le tua.

Il restait le Chef qui avait presque perdu tous ses HP.

Nous regardions son visage rempli de crainte, de la peur et de la tristesse car il savait qu'il allait mourir...

Cette scène nous terrifiait...

« On fait quoi les gars ? On est assez forts à nous 5 pour le sauver ?! »

Je leur posai la question, pour ne pas regretter ensuite...

Ils étaient bouche bée... aucun ne parlait...

Je pris mon courage à deux mains, je me lançai à toute vitesse vers le Boss du palier

Je rentrai dans l'enceinte du combat, je ne pouvais désormais plus en sortir.

Je chargeai mon combo « TrialSquare » puis je sautai à hauteur de la tête du Boss.

Il ressemblait à une souris géante, 4 mètres de haut, des gros bras, de minces jambes semblaient supporter son poids et une queue avec laquelle il frappait les ennemis qui se situer dans son dos. Il utilisait une massue.

A hauteur de ses yeux je commençai mon combo, de cette façon, j'obtins l'agression du Boss, il me visait moi et plus le Chef. C'est alors qu'après avoir réalisé ma technique, il dirigea sa massue qui m'envoya me plaquer contre le mur une cinquantaine de mètre plus loin... Il m'avait infligé environ 20 HP de dégâts.

Le Boss me chargea. Sa massue devenue bleu, ce qui laissait croire qu'il chargeait une technique spéciale. Sûrement pour m'achever.

Il s'approchait de plus en plus vite, je me relevai et j'étais prêt à esquiver.
Quand soudain, une attaque lui transperça la jambe, c'était Léna qui se tenait là.
Il perdit l'équilibre et s'écrasa en étant projeter à cause de sa vitesse, j'esquivai vers la droite en sautant sur une dizaine de mètre.

Dans ce système il est possible d'effectuer des sauts non réalisables dans leur monde de base, il suffit de se concentrer et de donner une impulsion suffisante, ce qui permet parfois d'esquiver des coups.

Le Boss se releva, il se prit trois gros pics de glace qui lui foncer tout droit dans le visage. Il fut aveuglé pour un moment. C'était Florian qui nous avait rejoint.

Une ombre passa au-dessus de moi, cette personne exécuta un combo de 4 coups sur le corps Boss. Puis il recula et se retrouva à côté de moi.

« Ça va Bro ?! Tu nous as fait peur à foncer comme ça ! » me dit Ewen qui était venu aussi en effectuant son combo « QuatuorDischarge ».

Inès rejoignit Léna et a deux ils attaquèrent l'ennemi pour lui infliger beaucoup de dégâts.
Les coups d'Inès furent envoyés sur les bras du Boss.
Léna allait frapper ensuite, mais il retrouva la vue juste avant et la frappa avec sa massue.
Son corps fut projeté en arrière et le Chef sauta pour la récupérer. Elle le remercia et nous rejoignit.

Florian utilisa un sort de gel au niveau de ses pieds pour le bloquer.

Il restait 362/600 HP au Boss, nous nous regroupons pendant le temps qu'il était gelé.

« C'est de la folie... pourquoi êtes-vous là les jeunes !? » dit le Chef

Florian nous soigna tous, j'ajoutai le Chef au groupe.
« Tu allais mourir, commença Florian, alors Maverick est venu pour te sauver... on a suivi pour le protéger, par contre je n'ai plus assez d'énergie pour faire des sorts... j'ai trop utilisé ma magie, je vais jouer épéiste. »

« D'accord, acquiesçais-je, quel est le plan ? Vite... »

Je réfléchis et Inès proposa son idée. Nous acceptons.

« On fait comme cela ! Il faut le garder dos au mur donc foncez !! » cria Inès.

Nous nous préparions en nous positionnant conformément au plan d'Inès.
Le combat allait se jouer à 6 contre un Boss…
Avec ses 362 HP restant, il allait être compliqué à vaincre.

« Pouvons-nous y arriver... »
Je pensais intérieurement quand le Boss se dégela et nous attaqua.
« La vraie question est, pouvons-nous gagner ? »

Labyrinthe

Ville du départ

Sundine

Nid du Dragon

Légende

Position d'Ewen, Florian, Inès, Léna, Maverick et du Chef

Position d'Alexandre, Elise, Lilian, Nathan et Thessa

Position du Dragon

Chapitre 5 : Le combat contre le Boss

Le Boss envoya un coup de massue vers l'avant pour faire reculer les 6 personnes qui le retenait dos au mur.
De ce fait il ne pouvait pas attaquer avec sa queue à l'arrière.

Inès et Léna s'élancèrent de chaque côté du monstre.
Avec un saut bien chargé, elles arrivèrent à monter au niveau de la tête et d'un coup d'épée elles lui crevèrent les yeux.
Inès retomba sur ses pieds.
Avec la vitesse de l'attaque Léna lui arracha l'oreille gauche, puis elle se réceptionna sur le mur pour sauter à nouveau et lui donner des coups dans la tête.
Le Boss l'attrapât dans ses mains et la claqua au sol d'une violence folle.

« LENA ! » cria Ewen.
« Merde, il prépare un coup spécial, Ewen ensemble ! » dit Maverick
Ils se mirent à courir en direction du Boss qui chargeait une attaque spécial puissante.

Le monstre cria, son coup était bientôt chargé.

Florian et le Chef frappèrent chacun un des pieds.

Il faillit perdre l'équilibre mais aussitôt il déchaîna sa puissance.

Sa Massue se dirigea d'abord du côté d'Ewen. Je me rendis dans sa direction.
Ewen para avec un combo à 3 coups mais insuffisant, le Boss réussit à lui mettre 50 HP de dégâts, la masse arriva sur moi. J'utilisai « TrialSquare » qui fut insuffisant...
Nos niveaux n'étaient pas assez élevés pour parer ses attaques. Je perdis 50 HP aussi.

Le Boss avait encore 230 HP. Tout le monde se remit en position.
« Léna ça va ? » Ewen lui posa la question.
« Ne t'en fais pas je n'ai pas perdu beaucoup de vie. »

Soudainement le Boss allongea son épée pour frapper Inès de plein fouet, elle perdit 100 HP et n'avait plus la force de bouger.
Désemparés par l'acte, Léna et Ewen furent envoyer d'un coup de Masse de part et d'autre du mur. Ils perdirent 30 HP chacun.

Il se retourna et envoya un coup dans le ventre du Chef. Il perdit 20 HP.

Florian et moi attaquèrent en même temps, il lui resta 120 HP.

« Allez les gars ! Tous debout, on l'achève ! » criais-je

Ils étaient tous dépités...
Je leur expliquai mon plan rapidement.
Finalement, ils se remirent en position.

« On te suit ! » crièrent-ils.

Inès se lança en premier et para le coup du Boss et se fit envoyer en arrière.
Florian arrive juste derrière Inès et la remplace pour parer le coup.
« Cette technique fonctionne ! » pensais-je
« A nous maintenant ! »

Je regardai Ewen, qui me fit un signe de la tête afin d'acquiescer.
Nous fonçâmes alors sur le Boss.
Nous attaquons de face avec un combo acquis grâce au SOCIAL.
Le combo s'appelle « Coups d'une puissante amitié »

Ewen s'élança d'abord et je le suivais, voilà comment le combo se déroulait.
Il attaqua le côté droit du Boss et moi le gauche. Puis on se rejoignit et en s'appuyant sur le mur, nous chargeons un saut pour croiser nos épées et frapper dans le dos du Boss.
Avec la puissance, le corps du Boss n'en resta pas indemne et nous passons à travers son ventre.

Il lui resta 13 HP.

C'était au tour de Léna d'attaquer pour finir le Boss.
Quand tout à coup, alors qu'elle s'élançait en chargeant un combo, le Chef se mit à côté d'elle et la poussa brusquement.
Elle tomba au sol.

Le Chef mit le coup de grâce au Boss qui explosa en millions de particules codées.

Un grand message de Félicitations apparu devant nos yeux. L'argent que nous gagnèrent était réellement supérieur à de simples ennemis que l'on pouvait rencontrer dans les terres.

Le malaise venait de s'installer. Pourquoi le Chef avait-il poussé Léna au dernier moment ?
Il s'excusa et justifia son choix :
« C'était pour avoir la récompense finale. Celui qui assène le dernier coup à l'ennemi obtient une récompense. J'ai reçu un Objet de résurrection et je compte bien le garder pour moi. » dit-il

« C'est Hors de Question sale traître ! » cria Léna.
Elle lui fonça dessus avec une violence incroyable.

« Calme toi Léna ! » essaya de parler Ewen.

« Non je vais lui infliger le plus de dégâts de repoussement possible !! » dit-elle

Elle était en fureur. Dans ce monde, lorsque l'on tape ses amis ou d'autres personnes ils ne perdent pas de vie. Mais il y a un effet de repoussement qui est créé par le système. Léna allait donc jouer de cet avantage pour faire chanter le Chef à sa faveur.

« Ok ! Ok ! STOP arrête Léna ! Je vais l'envoyer au hasard à l'un de nous grâce à la commande « envoyer au hasard » de la fenêtre social du groupe ! »

« Parfait. »

Il avait trouvé un compromis.
C'est Ewen qui le recevait.

Tous étaient heureux, ils venaient de tuer le Boss du premier Palier ! A eux seuls.

« C'était dur... comment vas t'on battre les 9 boss restants... » dit je.

De l'autre côté, Nathan s'exprima :
« Plus vite Thessa ! »
Le groupe de 5 composés d'Alexandre, Elise, Lilian, Nathan et Thessa était en train d'arriver à Sundine.
Ils avaient fui l'événement du Dragon qui avait rasé la ville de départ.

En arrivant à Sundine, ils croisèrent un groupe de 4 personnes qui voulaient lever une armée pour tuer le dragon qui était parti prendre refuge au Sud.

« Bonjour ! Vous aussi vous avez été touché par l'événement du dragon... il a tué plusieurs de nos amis... Aidez-nous et rejoignez-nous pour le tuer !! » commença le premier garçon.

Plusieurs survivants de l'évènement étaient présents dans ce village, la terreur était le sentiment qui dominait l'atmosphère.

Notre groupe des 5 réfléchissaient pour savoir si c'était une bonne idée.
« En soit cela pourra que nous apporter du bien » commença Alexandre
« Oui et au moins si on s'entraîne avec eux on pourra augmenter notre niveau pour aller tuer le Boss du Palier !! » dit Elise sans savoir que le Boss avait déjà été tué par le groupe de Maverick.

Ils acceptèrent la proposition.

Les présentations commencèrent, les deux garçons s'appelaient Guillaume et Cyril, et les deux filles se nommaient Paula et Calypso.

De nombreuses autres personnes avaient rejoint leur bande pour aller affronter le dragon.

Guillaume créa la guilde[5] « La Morsure du Dragon » et en devint le Chef.

La guilde comptait 18 membres dont Alexandre, Elise, Lilian, Nathan, Thessa, Calypso, Paula, Guillaume et Cyril.

« A nous tous on va pouvoir tuer le Dragon » pensait Elise.

La Guilde, ensemble et entière se dirigea vers le labyrinthe pour s'entraîner tous ensemble et atteindre des niveaux plus haut.

De leur côté, Maverick et les autres montaient les escaliers du palier 1 vers le second palier. Ils n'étaient pas au courant de ce qu'il s'était passé dans la ville du départ. Inès activa le téléporteur pour accéder plus vite aux deux paliers.

« Que fait-on ? » commença Maverick

« Je pense aller voir et explorer le Palier 2 de mon côté » dit Inès

Léna et le Chef acquiescèrent eux aussi.

« Donc Florian, Ewen et moi on va voir comment cela se passe leur événement du Palier 1 » continua Maverick

« Ça marche a plus tard » dit Léna

Le groupe se scinda en deux.

Maverick, Florian et Ewen utilisèrent le téléporteur pour atteindre la ville de départ du Palier 1.

---

[5] Une organisation de personnes qui s'associent.

A leur arrivée, tout était en ruine et en feu.

« Que s'est-il passé ici ?! » dit Ewen
Tout à coup deux lézards géants nous attaquèrent.
Avec nos coups spéciaux et nos niveaux supérieurs nous
n'en faisons qu'une bouchée.

Après quelques minutes d'exploration de cette ville
dévastée, il n'y avait aucun survivant.
Au loin, vers le nord-est, nous apercevons un groupe
d'une vingtaine de personnes avancer vers le labyrinthe.

Nous nous mîmes à courir dans leur direction.

De leur côté Léna, Inès et le Chef se trouvaient dans la
ville de départ du Palier 2.
La ville s'appelait Fleuro-village. Elle se trouvait au Nord
du second Palier.
Chacun de son côté ils explorèrent la ville. Elle était d'un
aspect floral et d'une beauté magnifique. C'était un
endroit charmant et chaleureux.

Ils se rejoignirent au Sud du village, un ennemi se tenait là
près d'eux. C'était une forme d'oiseau à 4 pattes avec un
long bec et des ailes particulièrement grandes.

Le Chef se lança en premier. Il lui mit deux coups d'épée
et se prépara à parer l'attaque du monstre.

L'oiseau ennemi mis deux coups de pattes au Chef. Cela ne lui fit aucun dégât.

Puis le volatile se mit à crier. Léna et Inès se mirent à l'attaquer aussi.

L'oiseau explosa en lambeaux de codes.

« Eh bien ! Bien joué !! » dit Léna

« Quelque chose est bizarre... je le sens mal... » répliqua Inès

« Regardez dans le ciel !! » dit le Chef

Une trentaine d'oiseaux se dirigeaient contre eux.

« Vite au téléporteur !! » cria Léna

Ils se mirent à courir vers le téléporteur du deuxième Palier.

Les oiseaux arrivaient plus vite. Ils s'attaquèrent d'abord au Chef et le firent tomber au sol.

« Merde le Chef... » cria Inès

« On fait quoi ? » dit Léna

« Tant pis ! Sauvons-nous… on va mourir si on l'aide »

« AIDEZ-MOI » dit le Chef se voyant mourir et pleins de désespoir.

Les oiseaux lui arrachèrent son bras gauche puis sa jambe droite.

Ses HP tombèrent à 0 et il se décomposa en code.

« Putain il est mort… vite au téléporteur » dit Léna

Inès avait la peur de sa vie, des larmes coulaient le long de ses joues.

Lorsque Léna remarqua cela, elle avait imaginé qu'elles étaient toutes deux trop loin du téléporteur, elle se dirigea vers Inès et la rassura.

« On va s'en sortir » lui chuchota Léna
Inès la regarda avec une telle tristesse qui se faisait ressentir juste en la regardant.

Les oiseaux étaient presque à leur hauteur.
Le téléporteur était à dix mètre d'eux.

Léna mis un coup puissant dans le dos d'Inès qui fut projeter grâce aux effets de repoussement.
Inès vola sur quelque mètre et atterri sur le téléporteur. Il ne lui restait plus qu'à l'activer.
Léna la regarda avec un air souriant.

Elle se retourna vers les oiseaux et pris un objet de son inventaire, puis elle le lança sur les oiseaux. C'était un champ de protection jetable qu'elle avait reçu lors d'un événement de zone.

Elle courut rejoindre Inès et ils se téléportèrent au Palier 1 dans la ville en ruine.

Labyrinthe

Ville du départ

Sundine

Nid du Dragon

Légende

Position d'Ewen, Florian et Maverick

Position d'Inès et Léna

Position de la Guilde «La Morsure du Dragon»

Position du Dragon

Chapitre 6 : Le Dragon

Alors que Maverick, Ewen et Florian arrivèrent au niveau du groupe qu'ils avaient aperçus auparavant, un homme qui les avait repérés vint à eux.

Guillaume se présenta d'un ton assez pédant.

« Bonjour, nous sommes la guilde La Morsure du Dragon, que faites-vous ici ? Voulez-vous rejoindre notre groupe ? »

Je le regardai avec un air moqueur :

« Nous sommes le groupe qui a tué le Boss du Palier 1, vous voulez vous rejoindre à nous ? »

J'avais crié un petit peu trop fort, à tel point que d'autres membres de la guilde m'avaient entendu.

« QUOI ? ILS ONT TUÉ LE BOSS DU PALIER 1 ?!! » crièrent-ils.

Alexandre, Thessa, Elise, Lilian et Nathan se tournèrent vers nous.

Ils s'approchèrent rapidement et tout l'histoire du Boss en passant par la défaite de celui-ci ou encore le Chef qui avait plongé son armée dans une mort certaine fut raconté.

Je compris qu'ils avaient survécu à l'enfer du dragon et l'idée que de nombreuses personnes innocentes soient mortes à cause de cela m'énerva.

Je décidai d'aller tuer le dragon avec eux. Florian et Ewen firent de même.

Guillaume continua :
« Il faudra envoyer un groupe, les plus forts, pour nettoyer la ville du départ des lézards géants restants. »

Je proposai de retrouver Léna et Inès pour aller attaquer le Dragon, Guillaume et l'ensemble de la guilde accepta.

« C'est le moment idéal pour nettoyer la ville justement ! On y sera tous » dit Ewen à son tour.

En marchant vers la ville de départ où se trouvait le téléporteur, je parlais avec Alexandre :
« Alors comment ça s'est passé depuis qu'on s'est séparé devant le labyrinthe ? »
« Bah écoute, Thessa s'est vachement rapproché de Nathan, Elise est devenu très forte et Lilian s'améliore aussi. De plus la guilde que nous avons rejoint à l'air motivée, j'ai un peu peur pour aller tuer le Dragon mais heureusement que vous êtes là ! »
« Oui ne t'en fais pas ! On va lui faire payer ce qu'il a fait subir à certains innocents. »

J'avais une certaine assurance dans ma voix, mais je doutais de notre probable réussite. Il est quand même niveau 50...

Après avoir tué les quelques lézards géants qui restaient, je retrouvais Inès et Léna qui venaient nous parler.

Ils nous racontèrent comment le Chef était mort et l'atrocité de la scène puis la puissance des ennemis du palier 2.

Les membres de la guilde LMD qui les écoutaient commencèrent à avoir peur.

Guillaume fit un discours pour les rassurer :

« Écoutez-moi ! Nous ne devons pas avoir peur, nous sommes 20 et même 25 si ceux qui ont battu le Boss du Palier 1 nous aident durant le combat ! N'ayez crainte ! »

Nous avancions donc vers le Dragon au Sud du Palier 1.

Pour certains, ce qui s'annonçait-là était une vengeance pour des amis perdus, une rancœur qu'ils déchaîneraient lors du combat contre le dragon.

Ewen qui savait que Sophie, qu'il avait sauvé elle et son frère, avaient péris durant l'attaque du dragon. Il utiliserait cette force pour les venger.

Alors que la guilde LMD avançait vers le Sud, Guillaume leur expliqua le plan. Paula et Calypso donnaient des explications complémentaires à ceux qui posaient des questions.

La route devenait de plus en plus dangereuse, il y avait des ennemis qui s'attaquaient au groupe.

Pour ne rien arrangeait à l'ambiance, la nuit allait tomber, l'atmosphère s'obscurcissait.

Arrivés à destination l'endroit était un genre de nid avec quelques pics rocheux sur les côtés.

La bête se trouvait là juste devant eux. Il dormait et ne se doutait pas de ce qu'il allait lui arrivait.

Il faudra donc profiter de cette attaque surprise pour lui infliger un maximum de dégâts.

Guillaume commença : « Ce soir, nous vengeons nos camarades ! Tuons ce dragon qui nous as pris beaucoup !! Allez-y ! »

Les personnes de la guilde crièrent tous ensemble pour renforcer leur cohésion.

Guillaume avait un plan pour attaquer le dragon :
Maverick, Florian, Ewen, Léna et Inès devaient se mettre sur le flanc droit,
Nathan, Thessa, Alexandre, Lilian et Elise devaient se mettre sur le flanc gauche.
Quant à Guillaume, Paula, Calypso et Cyril, ils étaient devant pour débuter l'assaut.
Les 10 autres membres étaient à l'arrière.

Au sein de la guilde il y avait trois mages, assez fort, c'est eux qui devaient commencer l'assaut. En utilisant un sort d'attaque à distance.

Guillaume était très organisé, il avait prévu toute la stratégie du groupe.
Il cria très fort : « C'est parti !! »

Les trois mages nommés Jolan, Anaïs et Cloé débutèrent leur sort.

Jolan invoqua un monstre géant de glace, Cloé s'occupa de lancer une amélioration éphémère de 2 minutes, cette amélioration était un Boost de santé :

Notre santé augmenta de 100 HP. Anaïs quant à elle s'occupa de la défense, elle lança un Boost de défense, et notre défense augmenta beaucoup elle aussi.

Le combat contre le dragon allait être rude et compliqué, il fallait bien se préparer afin de ne pas périr durant l'assaut.

Jolan pris le contrôle de son monstre géant de glace, il faisait 5 mètres de haut. Bien plus petit que le dragon mais c'était déjà cela. Le dragon étant Niveau 50, les dégâts que l'on subirait seraient énormes.

Il frappa le dragon sous sa forme de géant de glace. Il sortit de son sommeil énervé et cracha des flammes tout autour de lui et prit son envol.

Avec son ascension, un vent puissant nous déstabilisa.

Alexandre se concentra pour lancer un sort de glace. Quant à Florian, il prit son arme de magie et lança aussi un sort de glace.

Il y avait donc quatre groupes. Le dragon attaqua celui du centre où se trouvaient les membres fondateurs de la guilde. L'ennemi attaqua de face en ayant pris une accélération durant la descente. Guillaume chargea un saut et dans le même instant sa technique spéciale. Il attendit que le dragon soit suffisamment proche et il dit à son groupe : « GO ! »

Paula, Calypso et Cyril sautèrent très haut.

Guillaume sauta et lança son attaque.

Il se trouvait devant la gueule du dragon, qui faisait dix fois sa taille.

Le dragon qui fonçait sur eux ne pouvait pas s'arrêter.

Calypso était au flanc gauche du dragon dans les airs, Cyril au-dessus du dragon et Paula au flanc droit.

Tandis que le dragon ouvra la gueule pour cracher du feu, les trois autres attaquèrent le dragon de tous les côtés.

Cependant, en prenant en compte la vitesse du dragon, leurs attaques tranchèrent l'entièreté du monstre. Bien que la cuirasse épineuse et musclée du dragon fût résistante, il prit beaucoup de dégâts.

C'est ainsi que la bête cracha du feu, en ouvrant sa gueule, Guillaume était désormais à l'intérieur avec sa technique spéciale chargée.

Elle s'appelait « Dix coups de la mort ». Le feu sorti rapidement et brûla Guillaume, il se retrouva projeté par la puissance des flammes.

Il lança alors sa technique, les 8 premiers coups firent dissiper les flammes qui sortaient des entrailles du dragon.

Les deux derniers touchèrent l'intérieur de la bouche du monstre.

Il réussit à sortir de la gueule de ce dernier et son corps semblait tomber tel un cadavre, Cyril sauta pour le récupérer et il le posa au sol.
« J'ai réussi mais les flammes ont brûlé tous mes HP, il ne me reste que 16 HP... » dit-il.
Guillaume avait été carbonisé en plein vol. Calypso lui donna une potion de soin qui le revigora de 70 HP.
Pendant ce temps, le dragon s'était éloigné et atterrit au sol, dans une clairière proche du vide, derrière son nid.

« Il faut maintenant que Cloé et Anaïs invoque leur géant d'Air et de Terre. » continua Guillaume.
Son plan fonctionnait à merveille.
« Tout se passe comme tu veux, chef ? » demanda Cyril.
« A part la brûlure, oui ! » répondit-il.
Il demanda à Paula de donner à Anaïs et Cloé le signal.

Les deux femmes se mirent à incanter le sort.
Deux autres géants apparurent, Anaïs contrôlait le géant de Terre et Cloé le géant d'Air.

Le dragon lança une charge sur le côté droit.
Maverick cria à Léna et Inès de faire attention. Florian, Ewen et lui se sentaient prêt à bloquer la charge du dragon malgré sa taille immense.

Avec l'aide des trois géants, ils réussirent à bloquer sa charge.

Guillaume cria : « Escouade gauche, essayez de couper son aile gauche. Escouade droite, faites la même chose du côté droit !! Escouade centrale, vous 7 devez crever les yeux du dragon ! Allez-y ! »

Les 7 autres membres du centre montèrent sur le géant de Jolan pour grimper sur l'énorme dragon.

Du côté gauche, Alexandre lança un sort de gel qui cristallisa une partie de l'aile gauche.
Elise et Thessa lancèrent « Truth Girls » qui affecta une bonne partie de l'aile gauche.
Lilian et Nathan exécutèrent plusieurs combos à la chaîne.
L'aile gauche était arrachée et le dragon commençait à tomber.

Du côté droit, Maverick et Ewen lancèrent « Coups d'une puissante amitié », s'en suivit de Léna qui utilisa son combo de 6 coups. Inès continua avec un combo à 3 coups et Florian envoya un sort d'explosion sur l'aile. Elle se déchira dans la seconde où la première s'était arrachée.

Le Dragon se sentant tomber et s'étant fait arracher les deux ailes, il poussa un cri et son corps devint rouge sang avec une flamme énorme qui parcourait tout son corps.

« On dirait qu'il est en train de devenir plus fort, il puise dans ses dernières forces ! » pensa Lilian.

Je regardais Inès et Léna qui étaient impressionnés par la rage du Dragon. Je discernai un sentiment de peur au même instant.

Le feu brûla les 7 autres joueurs qui devaient crever les yeux du dragon.
Alors qu'il tombait, il s'abattit directement au bord de la limite du palier. Si nous étions de sa taille, il aurait suffi de le pousser un peu pour qu'il tombe dans le vide. Il était assommé.

« Vite ! Courez tous vers lui ! Achevez ce monstre ! » cria Guillaume.

Jolan, Anais et Cloé avaient stoppé leur sort. Ils coururent dans la même direction que les autres.

« J'espère qu'il n'est rien arrivés aux 7 autres soldats » dit Calypso.
« Je pense qu'ils sont en vie » espéra Paula.

Lilian arriva en premier, il chargea un saut et lança une puissante attaque quand il remarqua qu'il restait que 3 hommes. Il annula sa technique et se rapprocha du bord.
Il vit 4 joueurs en train d'hurler et de tomber dans le néant.

« Wow... c'est donc à cela que j'ai échappé... » se dit-il

Guillaume, Cyril, Calypso et Paula arrivèrent juste derrière Lilian.
« Les pauvres... » chuchota Paula
Le Dragon émergea de son coma.

« Attention !!! » criait-je à ceux qui étaient près du bord.
Nathan se précipita vers eux avec une vitesse folle.

Le dragon prépara un coup violent avec sa queue pointue.
Inès, Elise, Ewen, Nathan étaient en train de courir vers eux avec la menace de l'attaque puissante du monstre qui se préparait derrière eux.

« Oh non… ils vont se faire pousser dans le vide, commençais-je, mais je ne peux rien faire, je suis trop loin… Si Ewen meurt... je serais seul à nouveau... »

A mesure que l'attaque du dragon se rapprochaient d'eux mes yeux se brouillaient.

« J'aurais aimé les aider... » soufflait-je.
Florian et Alexandre, sous le coup de la détresse, envoyèrent un sort de ralentissement et de gel sur le dragon. Jolan, Cloé et Anais unirent leurs forces et utilisèrent un sort de vitesse sur moi.
« Vas-y » entendis-je.

Je ne sais pas qui m'a parlé à ce moment-là.

Je courus alors à une vitesse folle.

Je voyais les actions se défilaient sous mes yeux, Inès commença à parer l'attaque.

J'avais peur, peur de perdre mes amis, ils étaient là, devant moi.
Cette attaque, celui d'un dragon surpuissant, comment pouvons-nous y résister ?

Elle mit un coup d'épée en avant, puis enchaîna avec deux coups en tournant sur elle-même puis un dernier perpendiculaire au sol pour planter la cuirasse.

Ewen prit le relais et exécuta sa technique « QuatuorDischarge ». Il prit toute la force qu'il avait en lui et la fit ressortir dans sa technique.

Nathan continua avec trois puissants coups, il se balançait pour effectuer son combo. De gauche à droite il finit par un coup venant de haut en bas.

Elise finit trois coups en tournant sur elle-même et un dernier en se retournant vers la droite.

Ce n'était pas suffisant l'attaque du dragon était encore en train d'avancer. Je chargeai mon saut et arriva juste devant les autres. Je fonçai sur l'attaque qui arrivait sur nous.

Si je n'arrivais pas à contrer la puissance qui restait dans le coup de queue du dragon, nous serions tous les cinq tués dans l'attaque.

« Je t'en prie... soit assez puissant. » pensais-je

J'utilisai ma technique spéciale « Trial Square ».
Je mis un premier coup vers l'avant droit, puis je me retournai vers la gauche pour frapper un second coup et mon troisième coup frappa et entra dans la cuirasse du dragon. Le coup spécial de l'ennemi venait de se dissiper.

Le Dragon hurla de rage. Sa queue se leva et frappa juste derrière nous 5. La violence du coup créa une onde de choc qui nous fit tomber.

Alors que je me retournai pour voir sur qui, la violente attaque avait frappé, ce que je vis tout à coup me terrorisa.

Le Dragon, enragé, était en train de lancer une autre attaque qui visait les autres personnes situées derrière nous, proches du vide.

« Lilian !!!! » criait-je en me retournant.

Je le vis sauter en ma direction, il me percuta et nous tombèrent au sol.

Le monstre frappa sur Guillaume, Paula, Calypso et Cyril.

Ils furent envoyés loin dans le vide.

« Noooon... » crièrent les autres.

Le Dragon enflammé, cracha de toute sa puissance des flammes ardentes.
Elles brulèrent mes amis et ceux qui restaient encore parmi la Guilde.

Jolan, Anais et Cloé étaient d'un côté, au sol, avec de faibles points de vie.

L'ennemi attaqua avec un coup de mâchoire, Elise, Inès et Léna qui s'étaient rassemblées. Elles essayèrent de contrer le coup mais prirent énormément de dégâts.
S'en suivit d'un coup de griffe sur Ewen, Florian, Alexandre, Thessa et Nathan.
Tout le monde était épuisé, à bout de forces, il ne restait que nous.

J'étais au sol, Lilian avait l'air inconscient et se trouvait non loin de moi.
Il me restait environ une vingtaine d'HP.

Je levai la tête, les yeux fatigués et brouillés.
Notre ennemi chargeait une puissante attaque qui allait tous nous tuer.
« Comment pouvons-nous gagner face à une telle puissance ?! »

C'est ici que s'achève le Tome 1 de « Un Monde
Parallèle ».

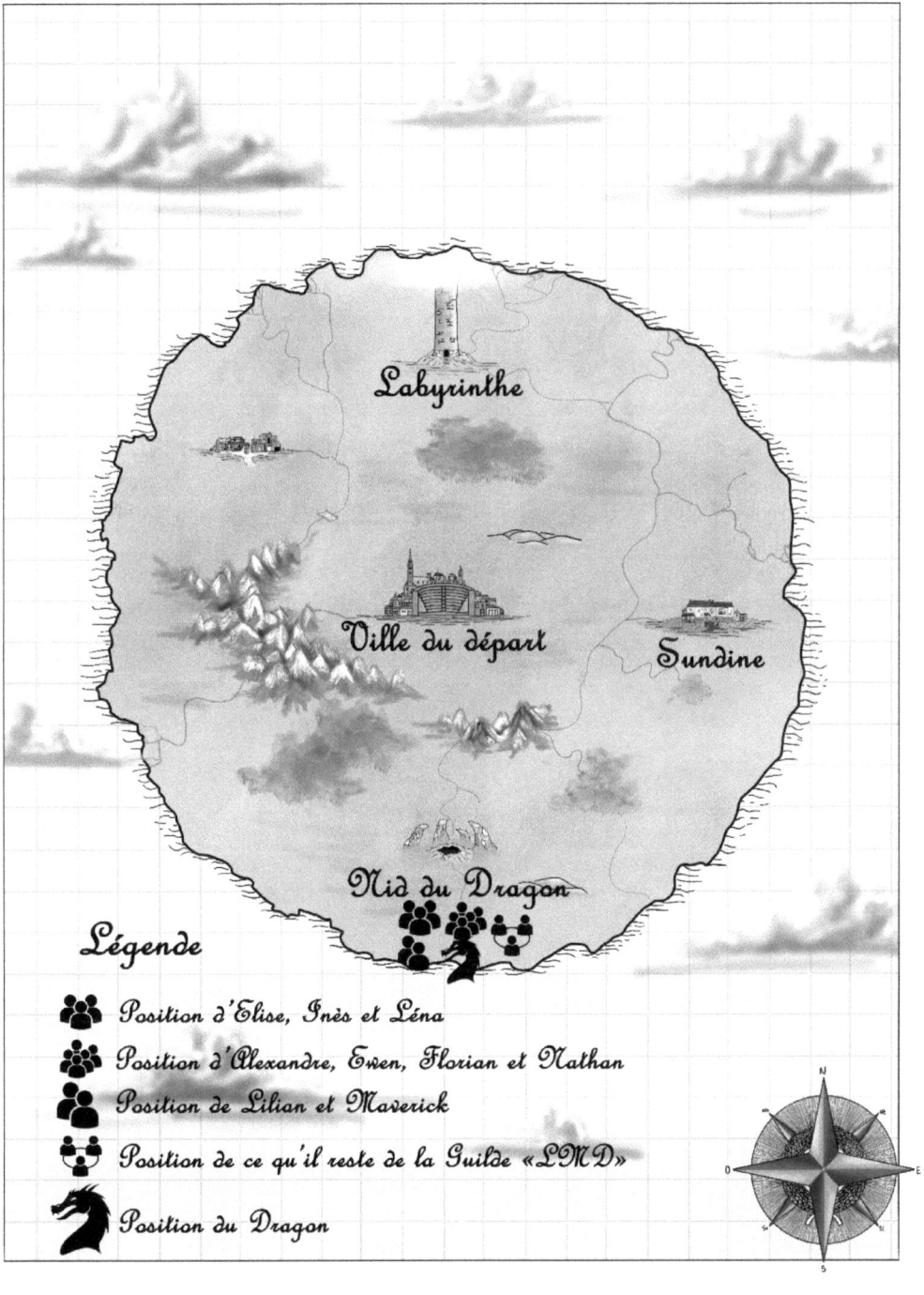

Labyrinthe

Ville du départ

Sundine

Nid du Dragon

Légende

Position d'Elise, Inès et Léna

Position d'Alexandre, Ewen, Florian et Nathan

Position de Lilian et Maverick

Position de ce qu'il reste de la Guilde «LMD»

Position du Dragon

Tome 2 : Renaissance éphémère

Chapitre 1 : Les objets divins du Palier 2

Voici un résumé du Tome 1 : Sur Terre, pendant le 21ème siècle, des adolescents se retrouvèrent attrapés par des Aliens.

Ils se retrouvèrent dans un immense vaisseau où lutte pour la survie doit exister contre les monstres de ce monde.

Après avoir battu le Boss du premier Palier, ils durent se battre contre un immense dragon qui était apparu lors d'un événement. Nombre d'entre eux sont morts.

Tous étaient affaiblis. C'est alors que le dragon se préparait à lancer une attaque puissante qui les tueraient tous.

« On ne peut pas perdre comme ça ! » pensais-je.

Je me relevai, en colère, et chargea un saut.

« Je refuse que ce soit la fin maintenant !! »

Une lueur rouge s'installa autour de moi.

Après 10 secondes de charge, j'utilisai un saut, j'étais rassuré d'avoir sauvé mes amis malgré le fait de n'avoir rien pu faire pour les 4 autres.

Je fonçai en piquet avec mon épée pointée sur le dragon et je le transperçai en un coup.

Il explosa en milliards de lamelles de codes.

Je m'effondrai au sol.

« J'aurais fait de mon mieux » chuchotais-je

Je tombai dans le coma.

« Maverick !! » criait quelqu'un.

Je me réveillai alors et sortit du coma dans lequel j'étais plongé depuis 2 heures.
J'ouvris les yeux et je vis Florian.
« Que s'est-il passé ? » dis-je
« Si tu savais... tu as détruit le dragon avec ton attaque spéciale et tu t'es évanoui » me répondit Florian.
« Je me souviens maintenant ! Et après ? Cela fait combien de temps ? »
Je le questionnai en m'apercevant peu à peu que j'étais dans l'auberge de Sundine.
Cela faisait 2 heures que j'étais dans le coma.

« Les principaux membres de la Guilde LMD sont morts, mais tu as sauvé tout le monde ! » continua Florian.
« J'aurais essayé... »
Je lui lançai un sourire.
« Que font les autres ? » questionnais-je

« Lilian et Nathan se sont regroupés pour aider les survivants et les personnes qui sont restés au Palier 1, ils ont dit en partant qu'ils devaient réunir les gens pour éviter les pertes.

Concernant Thessa, Alexandre et Elise ils continuent leur petit trio qui fonctionne bien, ils n'ont pas indiqué leur but et leur prochaine action.

Léna, Ewen ainsi que Inès sont partis au téléporteur de la ville du départ pour monter au Palier 2, ils m'ont dit de les rejoindre dès que tu te sentais mieux.

Anais, Cloé et Jolan sont partis près du labyrinthe du Palier 1 pour s'entraîner. Je n'ai pas de nouvelle des autres survivants. »

Je le remerciai pour ce récapitulatif et me releva.

Nous partîmes en direction du téléporteur du Palier 1 pour aller au Palier suivant.

Arrivés au labyrinthe, Jolan, Cloé et Anais se concertèrent :

« Nous avons reçu les droits des administrations de la Guilde La Morsure du Dragon lorsque Guillaume et les autres sont morts, devons-nous diriger tous les trois la guilde et recruter de nouveaux membres ? » demanda Jolan.

« Je ne sais pas » dit Anais

Cloé était sur le point de donner son avis quand trois ennemis apparurent.

Le combat démarra et les différents sorts abattirent les ennemis.

Jolan s'allongea dans l'herbe et se mit à réfléchir.

Cloé commença : « Je pense que nous devrions reprendre le flambeau ! Allons recruter des gens dans la ville du départ ! »

Anais et Jolan acquiescèrent et ils se mirent en route vers celle-ci.

Sur le chemin, ils abattirent de nombreux monstres.

Ils eurent beaucoup de points d'expérience. Au loin, peu de fumée s'échapper dans le ciel suite aux flammes du dragon.

Ils entrèrent par le restant d'entrée du village.

De nombreux réfugiés terrorisés étaient cachés dans les ruelles mourant de faim.

« Rejoignez-nous tous !!! » Cloé commença à crier fort pour que les gens approchent.

Ses cris attisèrent la curiosité.

« Nous formons ce qu'il reste de la guilde La Morsure du Dragon, après avoir vaincu ce monstre et avoir vengés vos amis, votre famille, nous venons vous tendre la main ! »

« En effet, reprit Anais, rejoignez notre guilde ! Pour l'honneur de vos familles et amis ! Finissons ensemble les 9 paliers restants, tuons celui qui nous a tous jeté ici ! »

Jolan regarda ses deux amies qui se donnaient à fond pour reprendre le flambeau.

Il courra et chargea un saut pour atteindre un toit.

« Je serais le Chef de la guilde et je vous fais la promesse que nous tuerons ce malfrat ! Rejoignez-nous si vous voulez vivre ! Anais et Cloé seront mes adjoints »
Ils réussirent à convaincre de nombreuses personnes, mais beaucoup restaient encore méfiant.

Au total, il restait beaucoup d'adultes et d'adolescents qui avaient réussi à fuir la ville lors de l'évènement du dragon, d'autres étaient partis s'entraîner vers Sundine, vers le labyrinthe, donc il restait encore beaucoup de gens.

Plus d'une centaine de personnes venaient de rejoindre la guilde.
Depuis la création de La Morsure du Dragon, deux autres guildes étaient ouvertes, la première se nommait « Ordre des Dieux » et la deuxième était « Les Fanatiques Harceleurs » mais ne comptaient pas encore beaucoup de membres.

Lilian et Nathan, qui avaient assisté aux déclarations des nouveaux chefs de guilde, se retirèrent dans un coin de ruelle.
« Bon bah ils ont fait fort ! » dit Nathan
Lilian continua : « Oui, nous devons cependant continuer notre plan, sinon cela va être compliqué de battre le Boss du Palier 2 ! »

Jolan envoya un message à tous les membres de la guilde : Rendez-vous demain près du labyrinthe pour s'entraîner et prendre des niveaux !

Les trois mages prenaient à cœur leur nouveau rôle, celui d'assurer que des personnes s'unissent et puissent ensemble, vaincre cet enfer.

Du côté d'Alexandre, Thessa et Elise, ils avaient entendu parler d'une quête annexe à Sundine. Ils s'y rendirent. Pour l'obtenir il fallait rencontrer un PNJ et lui donner 50 alc.
La quête demandait de remplir plusieurs objectifs.
« Alors lisons ce qu'on nous demande ! » commença Elise.

« Euh… c'est une blague ?! » dit Thessa
« Non... je crois qu'ils ne plaisantent pas... c'est bien écrit de trouver le passage secret pour le Palier 0… mais il n'y a pas de Palier 0 en fait ! » cria Alexandre.
Confus, ils laissèrent de côté la quête et partirent dans une auberge pour y passer la nuit.
Sur la route, deux hommes les interpellèrent :
« Eh dis donc ! C'est qu'il se tape deux sublimes créatures ce gosse ! » dirent-ils à Alexandre avec un air provocateur.
Ces deux hommes faisaient partis de la Guilde Les Fanatiques Harceleurs (LFH).
« Mais... bien sûr que NON ! » dit Alexandre en bafouillant.
« Laissez-nous tranquille » commença Elise.
« Bon allez bonne nuit les amoureux ! Et pas trop de bruit dans l'auberge, si vous voyez ce que je veux dire ! »

Les deux hommes passèrent leur chemin. Thessa ne bougeait plus, elle était agacée au plus haut point. Elle se retourna vers eux et leur balança :

« C'est vous les gros porcs ! Vous allez faire quoi ! »

Elle les insulta avec sa plus grande rage. Elle était heureuse avec Nathan mais ne supportait pas ceux qui ne la respectait pas.

Les deux garçons se mirent à rigoler fort et haut.

Le premier se retourna et dans une grande vitesse passa son épée sous la gorge de Thessa sans qu'elle ne puisse réagir. Voyant cela Elise se précipita pour arrêter le garçon quand soudain le deuxième lui envoya un coup de marteau dans le ventre, elle tomba en arrière et se retrouva à terre, puis il la menaça avec son arme pour la tenir hors de portée.

Le premier homme qui tenait Thessa au cou commença à la harceler sexuellement parlant.

Ils étaient dans une zone de ville, donc ils ne pouvaient pas se tuer.

« Je te promet qu'on va vous faire la misère... jusque-là mort peut-être, ou bien le suicide, à voir ! » dit le deuxième.

Alexandre était tétanisé. Il commença un sort.

« Ne fait pas cela toi ! » dit le premier homme en visant Alexandre.

Son sort s'atténua.

« Alors... plutôt que faire cela... pourquoi n'accepteriez-vous pas un duel contre nous trois !? » annonça Alexandre.

« Tu n'es donc pas un dégonflé toi ! Nous acceptons avec plaisir ! » dit l'homme.

Ils se placèrent correctement et un duel fut organiser entre eux. Chacun accepta.

« On va les faire payer ! » chuchota Thessa.

La nuit venait de tomber sur Sundine, seules les lumières des lampadaires rendait l'ambiance sinistre. Personne ne se trouvait dans la rue seul le bruit d'une brise légère provoqua des frissons.

Le compteur du duel tomba à 0 et celui-ci commença.

Les deux hommes, beaucoup plus rapides, lancèrent simultanément une compétence d'attaque. Elise bloqua le coup d'épée du premier et Alexandre esquiva le marteau du deuxième. Mais tout à coup ce même homme se retourna vers Thessa et fit un saut en pointant sa dague vers elle.

Elle bloqua son attaque avec sa rapière et enchaîna plusieurs coups qui transpercèrent l'homme et lui infligea des dégâts.

Le premier se battait contre Elise, c'était un duel d'épéiste.

Elise prit plusieurs coups et beaucoup de dégâts mais Alexandre lança un sort de soin.

Elle fut régénérée.

Une idée vint à la tête d'Alexandre !
Malheureusement, elle lui parvenu au mauvais moment.
Le deuxième homme venait de frapper Thessa de plein
fouet durant une compétence de marteau à 3 coups.
Elle ne pouvait pas contrer cette force d'attaque.
Au moment de l'achever, Alexandre utilisa un sort de gel
sur le bras de l'homme.
Les deux hommes se dirigèrent alors vers Alexandre
voyant qu'ils allaient perdre le combat si ses sorts ne
s'arrêtaient pas.
Il fut facilement débordé, en 2 contre 1 ce n'était pas
équitable surtout contre un mage qui attaque à distance.
Alexandre se mit à fuir dans la direction opposée de
Thessa et Elise en pensant : Je vais pouvoir les sauver en
faisant cela !

Les deux hommes le suivaient.
« Allez vite à l'auberge les filles ! »
Les hommes se demandaient pourquoi il faisait cela.

Alexandre chargea une formule qui lui prendrait du temps
à lancer tout en continuant de courir vers l'extérieur de la
ville.

Arrivé à la bordure de la ville il chargea un saut.
Les deux hommes chargèrent une attaque et
s'approchèrent dangereusement d'Alexandre.

Il sauta. Ses ennemis l'avaient dépassé et étaient désormais du coté extérieur de la ville.

Il retomba au sol et les regarda avec un air méchant.
Alors que les armes des deux hommes se rapprochaient dangereusement d'Alexandre, il sourit.
« On te tient enfoiré ! » cria l'un des deux.
L'épée de celui-ci se trouvait à quelques centimètres d'Alexandre lorsqu'il lança son sort :
« Suicide Explosif ! »

Il se décomposa sous les yeux de ses deux ennemis. Un souffle d'une extrême violence sortit de son corps. Les deux hommes furent expulsés avec une puissante force de vent.
Leurs points de vie atteignirent 1 car c'était un duel et personne ne pouvait mourir lors d'un duel.
Les deux ennemis venaient de perdre le duel mais leurs corps avaient été envoyés si loin en dehors de la ville qu'ils devaient parcourir dans le noir de la nuit sombre quelques centaines de mètres pour rejoindre Sundine.

Alexandre, vainqueur du duel se releva avec un sourire d'apaisement, un sourire différent de celui qu'il avait adressé aux deux malfaiteurs. Il lui restait 1 point de vie, symbole de la fin du duel.
Il retourna en courant à l'auberge où il rejoignit Elise et Thessa et il leur expliqua ce qu'il s'était passé.

L'explosion avait fait un tel bruit que beaucoup de gens s'étaient rassemblés près de l'endroit en question.

« J'espère qu'ils ne nous embêteront plus... » dit Thessa

« La prochaine fois on leur mettra encore une raclée ! Mais il faut faire attention à eux... » dit Elise.

Arrivés à la ville de départ, Maverick et Florian prirent le téléporteur pour le Palier 2.

Ils arrivèrent à Fleuro-Village, et découvrirent la beauté du lieu.

Pas très loin de là, un bruit de combat se faisait entendre.

« Allons-y ! » dit Florian.

Je venais seulement de me remettre de mon coma et un combat m'attendait déjà.

En se rapprochant j'entendis Inès :

« Vite il faut les tuer avant qu'ils en appellent d'autres !! »

Lorsqu'ils furent à portée de vue, j'aperçus enfin ce qu'il se passait.

Inès, Léna et Ewen se battaient contre dix oiseaux avec de grandes ailes et quatre pattes chacun.

Inès exécuta un combo à deux coups et en tua un. Léna utilisa plusieurs techniques et tua trois oiseaux. Ewen en tua deux.

Florian prononça une formule de glace. Des pics en glace se formèrent au-dessus de lui et il les dirigea en direction de deux oiseaux, puis il changea d'arme et avec son épée en tua un autre.

Je chargeai un saut pour frapper le dernier ennemi mais il esquiva mon coup.

La bête m'attaqua et je tombai au sol violemment en perdant une vingtaine de points de vie.

Inès tua le dernier en un combo.

« Vous voilà enfin ! » dit Ewen.

« Tu n'as pas l'air bien Maverick » s'inquiétait Léna.

« Si, je vais mieux merci de t'inquiéter, répondis-je, mais qui a-t-il de spécial dans ce palier ? »

« D'après des personnes qui ont commencés à explorer la carte dès l'ouverture du Palier 2, il y a une ville en Fleur, ici, une ville de glace au Sud-Ouest nommé Glacarmonie-Ville et une ville au flanc d'un volcan rempli de lave et prêt à entrer en éruption appelé Lavaville. Les gens ont reçu une quête spéciale sur ce Palier. Il paraîtrait que trois objets divins sont répartis sur la carte du Palier 2. Un Arc provoquant les flammes de l'enfer, une épée de glace incassable et éternelle et une épée constituée de fleurs à épines. C'est les rumeurs dont j'ai entendu parler. » finit Inès

« Eh bien... qu'attendons-nous pour aller en chercher ?! » dit Florian

« Il va faire nuit, allons dans une auberge pour y réfléchir » dis-je

Ils acquiescèrent.

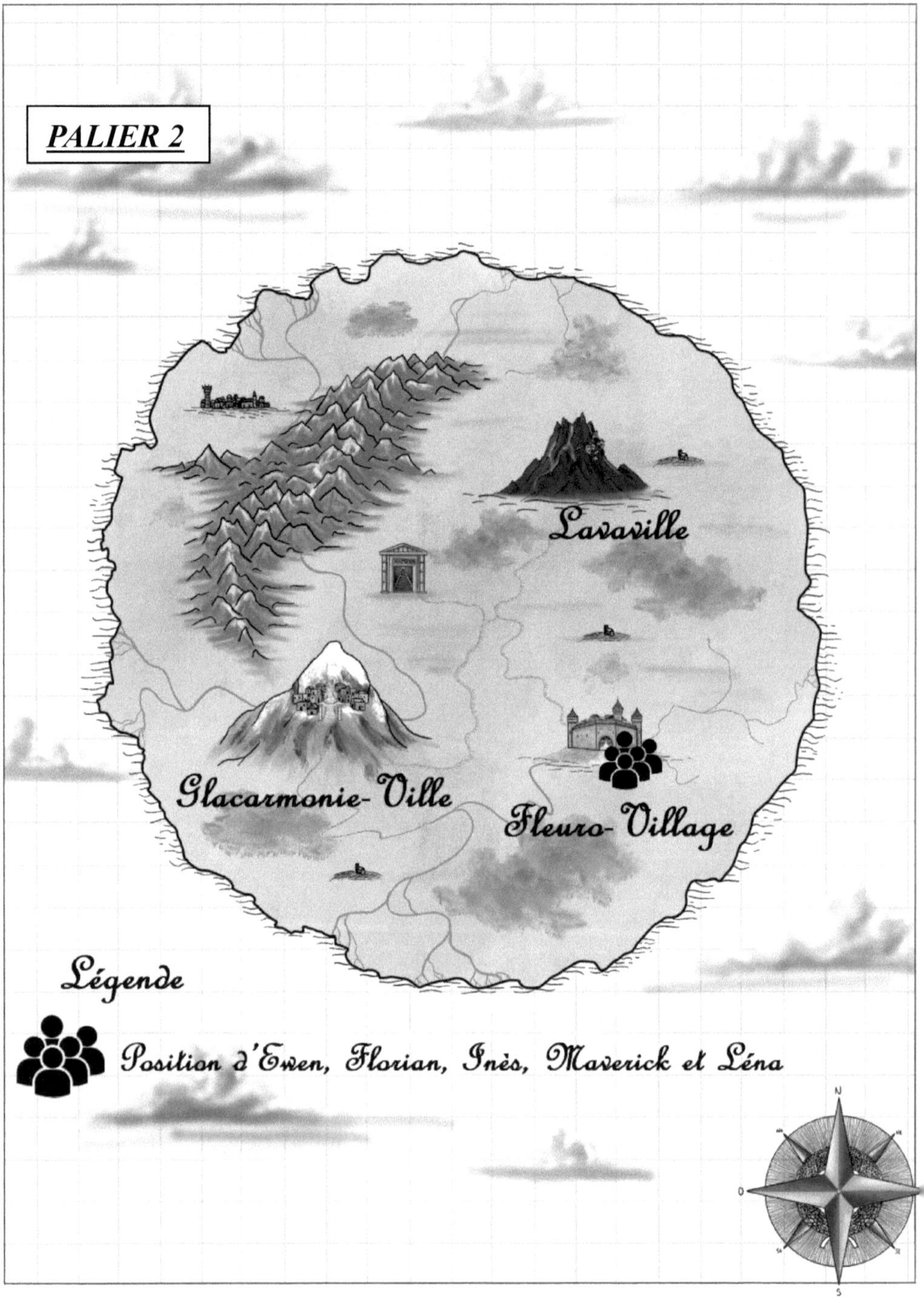

PALIER 2

Lavaville

Glacarmonie-Ville

Fleuro-Village

Légende

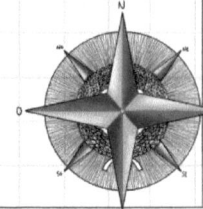 Position d'Ewen, Florian, Inès, Maverick et Léna

Chapitre 2 : Fleuro-Village, Glacarmonie-Ville, Lavaville.

Alexandre, Thessa et Elise se levèrent le lendemain très tôt pour aller au Palier 2 et éviter les deux malfrats d'hier. Ils se déplacèrent en prenant les ruelles et en courant d'un pas léger.

Lorsqu'ils arrivèrent au téléporteur de la ville de départ, un groupe de 5 jeunes comportant deux filles étranges et trois hommes les interpellèrent.
« C'est eux là !! Attrapez-les ! » dit l'une des femmes.
« Merde on est repérés ! Mais ils sont combien dans leur guilde sérieux » dit Alexandre.
Ils se mirent à courir vers le téléporteur et arrivèrent au Palier 2. En face de lui, Alexandre m'apercevait.

Alors que nous avions bien dormis, je vis Alexandre, Thessa et Elise courir vers nous.
« A l'aide... Maverick... » dit Alexandre essoufflé.
Il commença à nous expliquer ce qu'il s'était passé avec les deux hommes hier.

« Ah... la Guilde Les Fanatiques Harceleurs, j'en ai entendu parler... il faut les empêcher de faire du mal aux gens !! » dis-je

En effet plusieurs personnes étaient déjà venues se plaindre d'une guilde qui menaçait et harcelait des personnes.

Tout à coup, le téléporteur s'activa, un groupe de cinq personnes venaient de se téléporter.

« Ce sont les gens qui nous poursuivent ! » dit alors Elise.

Thessa était morte de trouille. Je me disais que si Nathan la voyait ainsi, il se mettrait en rage... J'aimerais que Lilian et lui soient avec nous... ce serait plus simple mais je dois leur faire confiance, ils ont un plan à poursuivre.

« Arrêtez-vous là maintenant » criait-je aux harceleurs.

Ils s'arrêtèrent :
« Tu te crois malin ? » dit la première fille

« Vous voulez un duel pour régler cela ? » lança Inès

La deuxième fille prit la parole, elle était plus grande que les quatre autres et semblait plus robuste :
« Notre guilde comporte aujourd'hui une centaine de personnes, je suis l'adjointe à notre Chef. Je vais vous dire quelque chose, c'est une sorte d'annonce ! Vous et votre petit tas d'amis... vous allez mourir un par un. Ce midi, nous activons la fonction de tueur en série. Cela a été voté par l'ensemble des membres de la guilde. J'imagine que... » commença-t-elle quand Maverick la coupa net.

« Cette fonction permet à une guilde de devenir des tueurs de personnes. Une mauvaise guilde tuant des personnes pour toucher des récompenses et devenir plus fort. En quelque sortes ils s'allient à la personne qui nous as mené ici... désormais vous allez pouvoir tuer n'importe quelle personne qui sera en dehors d'une zone de ville mais le désavantage est que vous pouvez mourir à n'importe quel instant car la zone de ville ne vous protège pas. » finit-il.

« Tu es très intelligent, cela me donne envie ! »

Elle se lécha d'un air grossier les lèvres.
L'un des hommes lui proposa quelque chose lorsqu'elle fit une déclaration :
« On vous laisse mais faites attention, car à partir de ce midi vous êtes notre proie ! »

Ils prirent le téléporteur et s'en allèrent.

« Ils ont vraiment le niveau ? Car ils ne m'ont absolument pas fait peur » dit Léna.

« On va leur mettre une raclée s'ils nous embêtent encore ! » continua Ewen.

Je leur souris pour leur enthousiasme mais au fond j'avais peur.
Que faire ? J'avais encore ce mal de tête car je venais à peine de me remettre du coma.

Ewen se mit à décrire la situation aux autres concernant le palier 2 et les objets divins de la quête.

Après plusieurs échanges, un choix fut pris. Florian, Thessa, Inès, Elise, Alexandre et Léna allaient chercher l'épée aux fleurs à épines à Fleuro-Village. Ewen partait pour Glacarmonie-Ville afin de trouver l'épée de glace et de mon côté j'allais vers Lavaville pour l'arc de feu.

Nous nous séparons et je pris la direction de Lavaville.
Le ciel était clair mais une ambiance sombre c'était installé.

J'étais à nouveau seul.

Je marchais le long de la route, au loin je commençais à voir le volcan.
Soudain un bruit m'interpella. Je regardai furtivement sur ma gauche, ainsi que tout autour de moi. C'était le vent qui se frottait aux herbes.
Je réfléchis, le long du voyage.

« C'est quand même fou, nous avons réussi à battre le premier Boss des 10 Paliers, mais j'ai quand même l'impression que nous n'y arriverons pas... Il reste encore tellement de pièges... je ne veux pas mourir et pourtant j'ai l'intuition qu'il faudra bien mourir. »

Soudain une idée me vint à l'esprit, je pensais à l'alien qui nous attendait au Palier 10...

J'avais la rage, je n'avais qu'une volonté, c'était de le tuer. Finalement je venais d'arriver à destination.

L'atmosphère était chaude et étincelante, de la lave coulait aux abords de la ville.

La montée sinueuse entre le haut du volcan et la route était parsemé de roches qui gênait l'accès à la ville. Je grimpai en effectuant des sauts.

Lavaville ressemblait à une ville normale à l'exception de la chaleur ambiante.

Je reconnu un des hommes de la guilde des LFH[6]. Il fallait que je me cache malgré que je ne craignisse rien tant que je restais dans la ville. Alors qu'il partait en direction du centre de la ville, je décidai de le suivre.

Il rejoignit un groupe d'une vingtaine de personnes, je reconnu l'adjointe au chef qui était présente :

« C'est bon, le transfert a été effectué. Le chef de notre guilde va nous donner l'accord de tuer les gens avec le cadeau que l'on vient de lui faire ! C'est sûr ! » dit l'adjointe au chef.

« Donc nous allons pouvoir pourchasser ceux qui se sont opposés à nous ? » dit un homme.

---

[6] Les Fanatiques Harceleurs, guilde de meurtriers.

« Absolument, je mets une prime de 1000 alc sur la tête de la jeune fille nommée Thessa. Faites attention, d'après nos informations elle a un ami très fort appelé Nathan mais il est porté disparu depuis peu !! » dit-elle

Je réagis soudainement : « Oh non !!! » chuchotais-je.
Que devais-je faire ? Abandonner la recherche de l'arc et prévenir nos amis de se regrouper ?
Je pris la décision de partir en direction de Fleuro-Village.
Je me mis à courir le plus vite que je pouvais pour faire le sens retour de mon voyage.
J'hésitais à me retourner car je me sentais suivi.
Je me retournai par intuition.

4 hommes s'étaient lancés à ma poursuite m'ayant repéré.
Ils allaient très vite, même plus vite que moi.
Que faire ? Ils allaient finir par me rattraper et si je continuais à courir j'allais être essoufflé et je ne pourrais pas les combattre. Surtout qu'il y avait beaucoup de chance qu'ils aient eu le droit de pouvoir tuer en dehors de la ville.

J'eus alors une idée.
Je m'arrêtai et commença à charger un saut tout en leur tournant le dos.

« On t'a enfoiré !! » cria l'un d'entre eux en chargeant une capacité à l'épée.

Alors qu'il se balançait totalement en avant et que son épée se rapprochait de plus en plus de mon dos, je sautai.

Le premier tomba et le deuxième se prit les jambes dans celui-ci.

Le troisième homme chargea un saut rapide pour se rapprochait de moi dans les airs alors que je venais d'échapper au premier.

Je lançai « Trial Square » :
Alors que mon ennemi projeter un combo, j'avais l'avantage car je tombais.
J'esquiva son premier coup, me retrouvant dans son dos, je lançai le premier coup qui réduisit ses points de vie de moitié.
Je retombai au sol et je lançai mon deuxième et troisième coup sur le quatrième homme qui vint m'attaquer dès mon atterrissage.
Je brisai son épée avec la puissance de mon attaque.

Je l'attaquai à nouveau pour réduire grandement ses points de vie.
Je me jetai sur les deux premiers hommes dont j'avais esquivé les coups.
Avec mes techniques et les combos je fis en sorte de les laisser avec très peu de points de vie car je ne voulais pas être un meurtrier et les tuer pour de vrai.

Bien que je risquasse ma vie, je les avais affaiblis.
Je me remis à courir en direction de Fleuro-Village.

De son côté, Ewen avançait bien vers Glacarmonie-Ville, le chemin était enneigé et le temps devenait de plus en plus glacial. Mais il continuait d'avancer en quête de l'épée de glace.
En arrivant à Fleuro-Village, j'étais essoufflé.
Je cherchais les autres qui étaient restés là.
Puis une lumière éclata et une pluie de fleur tomba sur la ville. Je me demandais ce qu'il se passait mais il fallait que je retrouve mes amis.

Au fond de moi j'espérais qu'Ewen allait bien mais le groupe resté ici était en grand danger.
J'ouvris la fenêtre sociale de mon inventaire virtuel.

J'envoya un message à Inès qui me répondit aussitôt :
« Nous avons trouvé l'épée aux fleurs à épines mais nous avons de gros problème, on nous a poussés à sortir de la ville et on est coincés par une vingtaine d'hommes et femmes de la LFH qui disent pouvoir nous tuer… Viens nous aider vite !!! »

En lisant le message je me mis à courir. Ils avaient été plus rapide que moi.
A entendre les bruits, je savais que je me rapprochais de l'endroit et que le combat avait déjà commencé.

Je chargeai un saut pour monter sur le toit d'un bâtiment.

Ce que je vis à ce moment était terrifiant.

Une vingtaine d'ennemis se battaient tels des meurtriers pour tuer mes amis.

Ils étaient six contre vingt.

Le combat était inégal et ils étaient en grande difficulté.

Alexandre venait de se prendre un coup d'épée et venait de perdre 10 points de vie.

Puis Elise et Thessa avaient été touchés par un combo d'un ennemi à la dague.

Tout allait très vite et la moindre seconde risquait d'être fatale.

J'allais intervenir quand Léna sortit son épée, l'épée aux fleurs à épines.

Elle venait juste d'apprendre la première formule pour l'épée divine.

Elle commença par la tenir droite et la tendre vers le ciel, pointé vers les nuages.

Puis elle récita la formule à voix basse et cria « Explosion d'épines !! »

L'épée brilla et se dématérialisa en milliers de fleurs à épines, Léna balança son épée vers le bas et un grand coup sur la droite pour frapper plusieurs ennemis.

Elle en tua six d'un coup. Ils disparurent soudainement en lamelles de codes.

La peine, la peur et la souffrance se faisait lire sur leur visage avant qu'ils se décomposent en réalisant leur mort.

Léna venait de tuer six personnes pour la première fois de sa vie. De plus, sa compétence d'attaque avec l'arme divine l'avait épuisée.

Elle tomba au sol inconscient.

« Merde, c'était énorme ! » dis Alexandre
Un des hommes chargea un combo qui perturba Alexandre et le désarma.
« Tuez-le !! » cria-t-il aux autres ennemis.
En voyant cela je sautai du toit pour atterrir juste devant mon ami et parer les attaques des ennemis.
« Ça va les gars ? Il faut protéger Léna ! Ensemble on va régler leur compte, n'ayez pas peur de les tuer, c'est soi vous soit eux »
Je leur montrai un peu d'assurance dans ma voix pour leur prouver qu'il fallait tuer pour ne pas mourir et surtout ne pas hésiter à tuer.
Il restait 14 ennemis.

« Allons-y Elise ! » dit Thessa
Ils utilisèrent leur combo « Truth Girls » et en tuèrent 3.
De mon côté je venais de tuer 2 personnes, j'étais sous le choc, jusqu'à ce que je prenne un coup qui me ramena à la réalité.
Alexandre réussit à en brûler 1 avec un sort de feu.
Florian échangea entre son épée et ses sorts pour en tuer 2.

Un des six derniers ennemis utilisa un sort d'explosion, je l'entendis charger sa formule.
Il allait se suicider pour tenter de nous tuer ou de nous affaiblir pour que ses amis se chargent de nous tuer.

J'ordonnai à Alexandre et Florian de lancer un sort de bouclier mais il était trop long à lancer.

Nous allions donc mourir, suite à une explosion d'un suicidaire de la guilde des meurtriers.

Il fallait que je protège mes amis.
« Lancez un sort de gel !! » criait-je

Florian et Alexandre utilisèrent un sort de glace pour geler l'homme qui chargeait sa formule d'explosion.

Tout son corps était glacé et couvert de gel, comme une statue de glace, sauf sa tête.

Il récita la fin de sa formule et explosa.

J'étais le plus proche de lui. Le souffle nous envola à une trentaine de mètre aux alentours de lui. Nous étions dispersés et il restait cinq ennemis.

Sachant que nous avions étés blessés suite aux fragments de glace qui venaient de nous transpercer, il fallait vite tuer les derniers ennemis et rentrer en ville pour être protéger.

Je rejoignis Florian et je cherchais Léna de vue.

Trois ennemis étaient en train d'essayer de l'attaquer.

Les deux derniers se battaient contre Elise, Thessa et Alexandre.

« Vite Florian ! Essaie de lancer n'importe quel sort pour sauver Léna !! »

Je couru aussi vite que possible pour tuer les trois ennemis qui l'attaquer et éviter sa mort.

Je chargeai un combo à deux coups et je me balançai en avant pour tuer le premier.

Le deuxième se retourna et m'envoya valser vers l'arrière avec son marteau.

Le coup que je venais de me prendre m'avait enlevé 50 HP.

Le troisième m'attaqua en même temps que le deuxième.

Ils avaient arrêté d'attaquer Léna et cela venait de me rassurer.

J'étais prêt à me prendre un coup de dague et un coup de marteau car je n'avais pas assez de temps pour me relever ou me défendre.

Quand soudain je vis Inès transpercer l'ennemi au marteau et Florian tuer l'ennemi à la dague avec un sort qu'il avait chargé.

Thessa, Alexandre et Elise venaient de tuer les deux derniers.

On se rassembla près de Léna et nos deux mages nous soignèrent.

Nos HP venaient d'être restaurés.

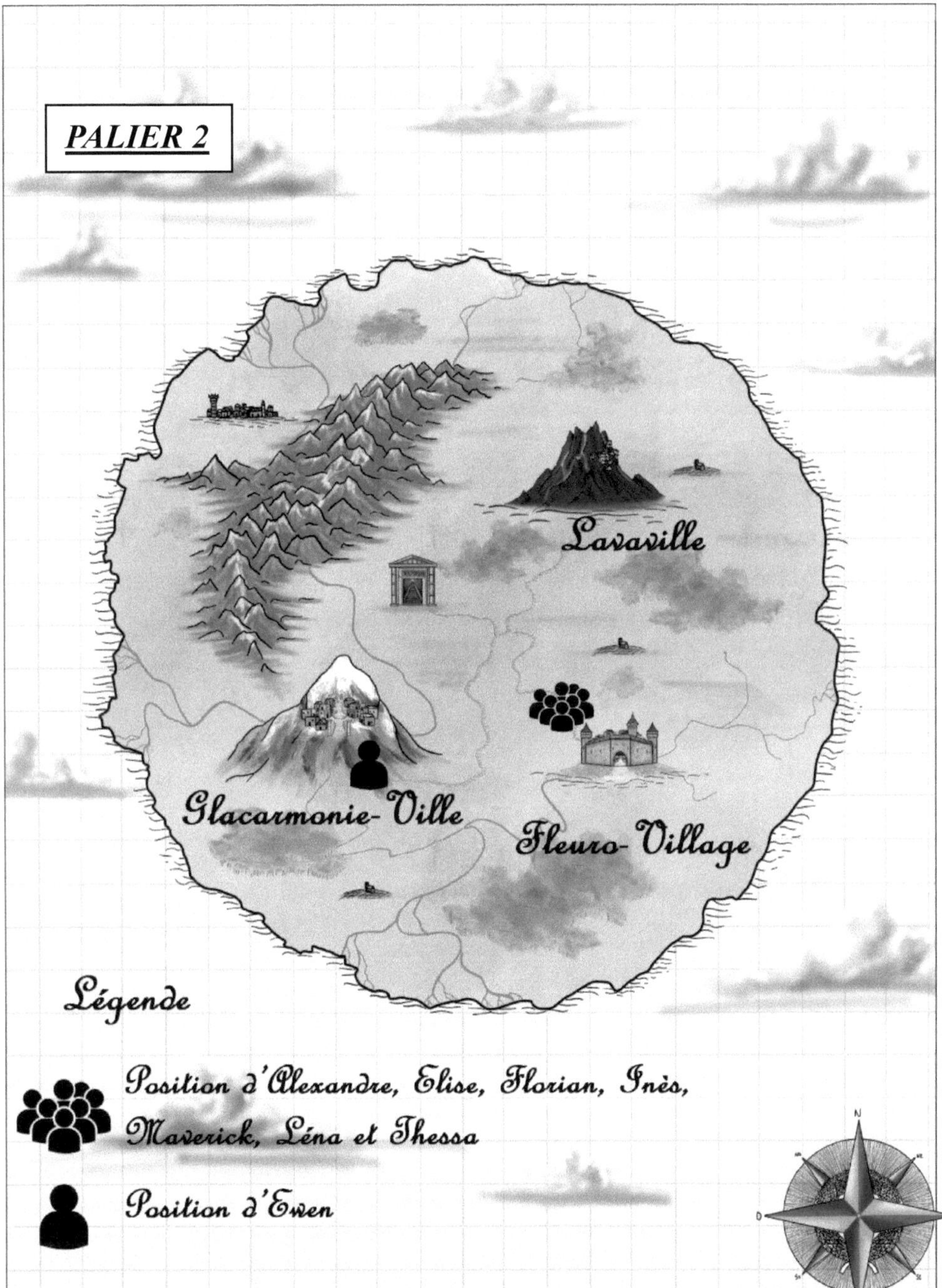

PALIER 2

Lavaville

Glacarmonie-Ville

Fleuro-Village

Légende

 Position d'Alexandre, Elise, Florian, Inès, Maverick, Léna et Thessa

 Position d'Ewen

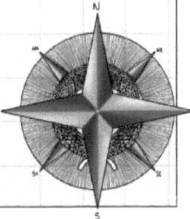

Chapitre 3 : A la recherche d'Ewen

« Léna ! Tu vas bien ? » demanda Alexandre.
« Je suis fatiguée, c'est l'épée et la compétence que j'ai utilisée qui m'a épuisée. » expliqua-t-elle.

Nous l'aidons à marcher et allons dans l'auberge de Fleuro-Village.
Je commençai à expliquer ce qu'il s'était passé à Lavaville et Inès m'interrompu :
« Mais ! Ewen n'est toujours pas revenu d'ailleurs !!! » dit-elle.
« Mince c'est vrai !! Léna tu restes ici avec Florian et Alexandre. Inès, Elise, Thessa et moi nous allons retrouver Ewen »

Les trois filles sortirent.
« Florian, Alexandre, faites attention à Léna... maintenant qu'elle a une arme très puissante, les LFH vont vouloir la tuer. »

Ils se mirent d'accord sur le fait de protéger Léna.

Nous prenons la route de Glacarmonie-Ville.
« Faites attention à ce qui nous entoure ! » dit-je
La route se passa sans embûche.
Jusqu'à ce froid qui nous parvient soudainement.

« J'ai super froid !! » dit Thessa

Nous comprenons que la ville n'était plus loin.
J'avais peur pour ce qu'il était arrivé à Ewen.

A l'entrée de la ville, le paysage était magnifique, Glacarmonie-Ville était situé sur une montagne pleine de neige. Au loin on distinguait un village riche en couleur, et de l'autre côté un volcan puissant.
C'était éblouissant.
Les portes de la ville étaient de grands piliers de glace.
L'ambiance froide mais chaleureuse due aux différentes lumières donnaient envie de visiter la ville.

Inès commença : « Vite il faut le trouver avant de geler sur place ! »
Elise et Thessa décidèrent d'aller du côté Est et Inès et moi du côté Ouest.

En parcourant la ville, je remarquai que les maisons avaient leurs fenêtres gelées, les portes barricadées.
« Comment les PNJ[7] peuvent-ils vivre là... » me posait-je la question.

---

[7] Personnage Non Joueur.

Inès tremblait de froid et regardait partout pour trouver Ewen.

La ville semblait se rejoindre en un point, une fontaine gelée.

Nous passions le coin de la rue et j'aperçus quatre personnes, je tirai Inès vers moi.

Nous tombâmes dans une ruelle adjacente.

« Qu'est-ce qui te prends Maverick ?! » dit Inès avec surprise.

« Montons sur le toit discrètement ! » lui répondis-je.

Il y avait là des personnes appartenant à la guilde LFH.

De l'autre côté j'apercevais Elise et Thessa qui avaient eu la même idée que nous.

Thessa me fit signe au loin de regarder en bas.

Il y avait une quarantaine de personne qui étaient en train de harceler quelqu'un.

Et cette personne n'était autre que... Ewen.

« Oh non... il faut le sauver... » dit Inès.

« Cela va être compliqué... ils sont au moins quarante... et ils peuvent nous tuer » répondis-je.

J'ajouta Inès, Elise et Thessa dans un groupe. Puis j'envoya une notification d'invitation de groupe à Ewen. Je le vis lever son bras à hauteur de ses yeux et accepter l'invitation en appuyant sur le bouton de sa fenêtre virtuelle.

En voyant cela l'un des adjoints de LFH lui passa un couteau sous la gorge en lui demandant ce qu'il était en train de faire.

Je vis qu'Ewen était en train de perdre des HP petit à petit en faute du couteau grâce à la fenêtre de groupe où je pouvais voir tous les membres de mon groupe.

Il ne pouvait pas mourir mais il suffisait de l'affaiblir et de le sortir de Glacarmonie-Ville pour le tuer.

La personne qui le menaçait n'était autre que l'adjointe que nous avions vu à Fleuro-Village qui avait déclaré nous tuer la prochaine fois.

« Il faut agir... mais comment... » marmonnait-je
« Regarde Maverick ! Ewen est en possession de l'épée de glace, l'objet divin de Glacarmonie-Ville » dit Inès.
« Mais oui ! »
J'étais choqué ! Il l'avait eu et c'était donc pour cela que les quarante personnes lui en voulaient à mort, pour obtenir l'épée de glace éternelle.
Il fallait le sauver d'une quelconque manière.
Je fis un signe à Elise et Thessa qui sautèrent du toit pour atterrir devant les quarante membres de la LFH.

Tous se retournèrent vers les deux filles.
« Que faites-vous là, je vous reconnais ! » dit l'adjointe de LFH.

« Nous sommes venues sauver Ewen, ce n'est pas clair dans ton esprit ? » dit Thessa

« Faisons les présentations, moi c'est Karina, j'ai déjà du vous le dire, je suis la première adjointe de notre Chef suprême ! »

« Je les reconnais ces deux sublimes créatures ! » dit un homme.
« Oui moi aussi ! » continua le deuxième.

Lorsqu'elle entendit les voix, Thessa fut choquée, son âme entière reconnue ces voix.
Elle était paralysée...
« Thessa... toi aussi tu reconnais ces voix ?! » dit Elise.
« Oui... ce sont les hommes dont Alexandre nous as protégé » répondit-elle.

« Nous les avons déjà rencontrées et harcelées, mais leur petit copain, un vrai chanceux, a triché et nous a mis la honte... » avança le premier.
« Pouvons-nous, nous permettre d'en faire notre goûter Chef adjointe Karina ? » continua le deuxième.

Ils étaient désormais devant Elise et Thessa.
Les yeux de Thessa étaient grand ouvert et elle avait peur.
« Elles sont à vous » s'exclama Karina

Je regardai Inès, et lui fit un sourire.
Je chargeai un saut et je sautai pour arriver à 5 m de haut puis je me mis à crier :
« KARINA ! Essaie de m'attraper si tu n'es pas si nulle ! »
J'atterris sur le toit d'en face.

« Que vingt personnes viennent avec moi, on va aller attraper ce misérable et le sortir de la ville pour le tuer ! » répondit-elle à ma provocation.

Le fait de me voir la provoquer et de vouloir tenir sa promesse de me tuer, elle en oublia totalement Ewen, qui étais désormais seul face à 17 personnes.

En effet, les membres de LFH ne pouvaient pas nous tuer car nous étions dans une ville mais il suffisait qu'ils nous capturent pour nous envoyer en dehors et nous tuer.

Je me mis à sauter de toit en toit et je les vis tous me foncer dessus.
Inès rejoignit Ewen qui recevait de plus en plus de menace.

Il y avait donc Thessa et Elise contre les deux hommes, Karina et 20 de ses membres contre moi puis Ewen et Inès contre 17 personnes.

Je pris la fuite et slaloma entre les maisons.
Soudain trois hommes avaient réussi à se placer dans une ruelle pour me prendre en embuscade.
Tout en courant vers eux je chargeai mon combo « Trial Square ».
Alors qu'ils exécutèrent une technique spéciale, je réalisai mon combo et leur enleva beaucoup d'HP. Je sautai au-dessus d'eux pour continuer à fuir.

De leur côté Elise et Thessa tremblaient de peur.

Malgré cela, elles prirent leurs épées et commença le combat.

Elles savaient que c'était une question de vie ou de mort, si leur HP atteignait 1, elles allaient être trop faibles pour résister à la capture de ses deux horribles personnes.

« Je vais me venger » dit Thessa.

Elles chargèrent le combo spécial « Truth Girls » qui surprit les deux hommes.

Ils perdirent beaucoup de vie.

En rage, les deux ennemis se mirent à utiliser une technique spéciale.

« Vite Elise ! J'essaie de contrer leur attaque et tu enchaîne derrière »

Le premier homme lança son épée vers la droite.

Thessa visa avec sa rapière pour toucher l'épée, ce qui le désarma.

L'autre ennemi arrivant par l'arrière embrocha Thessa dans le dos.

Le bout de la lame de son couteau ressortait à l'avant du ventre de Thessa.

Elle lâcha sa rapière qui tomba au sol.

Ses yeux étaient fixés sur la lame dans son corps.

Sa vie tombait en chute libre.

Elise réussit à tuer l'autre homme qui se décomposa en lamelles de code.

Lorsqu'elle aperçut Thessa en train de mourir, elle courut en sa direction.

De son côté Ewen dit à Inès qu'il avait eu le temps d'apprendre une capacité spéciale avec son épée et qu'il voulait la réaliser pour tuer les 17 ennemis.

Inès lui raconta ce qu'il s'était passé avec Léna lorsqu'elle avait fait de même.

Il fut choqué d'apprendre que c'était Léna, sa sœur qui avait l'épée aux fleurs à épines.

« Je te propose qu'on les attaque avec nos épées respectives, tu devrais être plus puissant avec ton épée ! » dit-elle

« C'est parti alors ! »

Ils commencèrent à attaquer les membres de la LFH malgré leur surnombre. L'épée de glace éternelle était un réel atout pour combattre les ennemis.

A chaque coup qu'Ewen donnait, il réussissait à geler une petite partie de là où le coup était porté.

Une des femmes para le coup d'Ewen. Son épée eu un bout congelé qui se brisa aussitôt avec la résonance du choc.

Malheureusement, ils étaient en sous-effectif et les ennemis prenaient l'avantage.

Leurs HP étaient faibles.

Maverick était toujours poursuivi par Karina et ses sbires.

Florian et Alexandre, restés à Fleuro-village pour veiller sur Léna, s'inquiétaient pour les autres.

Elise trancha la tête du deuxième homme.
Elle retira le couteau du ventre de Thessa, qui tomba au sol aussitôt.
Il lui restait 3 HP…

Certains autres membres s'étaient séparés pour voir le combat entre Elise et Thessa contre les deux hommes.
Il y avait donc 21 ennemis contre Maverick,
5 ennemis contre Thessa et Elise,
Il restait 10 ennemis contre Inès et Ewen.

Thessa envoya un message à Nathan pour lui dire adieu car elle savait qu'elle allait se faire capturer et être tuer, ils étaient trop nombreux.
Alors qu'Ewen se battait contre d'autres hommes, il vit Thessa au sol à l'agonie et Elise qui se battait pour la sauver contre 5 autres personnes.

« Inès ! Par-là ! Battons en retraite ! » dit-il.
Ils fuirent et rejoignirent Elise et Thessa.

Ils s'unirent. Les quinze personnes de la guilde LFH furent tués par les trois alliés.

« Thessa, ça va aller ? » demanda Elise
« Je dois attendre quelques instants ici... » répondit-elle
« Nous devons retrouver Maverick » commença Inès
« Oui allons-y ! Elise reste avec Thessa et rejoignez-nous dès que ça va mieux »

Ils sautèrent pour retrouver Maverick.
Alors que j'étais en train de sortir d'une ruelle, un mage m'envoya un sort de lenteur.
Je me le pris de plein fouet et j'étais devenu très lent.
Très vite, les vingt ennemis m'encerclèrent.

« Alors que vas-tu faire maintenant ?! » cria Karina en rigolant
J'étais si lent que je ne pouvais pas parler correctement.
Je me concentrais pour parer les attaques de mes ennemis.

J'en para une mais je me pris la deuxième en plein dans le ventre.
Ils étaient tous contre moi, je perdis énormément de vie.

Karina me fit tomber au sol et planta son épée dans mon ventre pour que je ne puisse plus me relever.
L'effet de lenteur venait de finir. J'essayai de me relever mais en vain.
« Tu pensais pouvoir me narguer comme cela hein ? » dit-elle

« Je peux encore... » répondis-je

« Minable... Crèves ! »

Elle sortit son épée de mon corps et la leva pour me trancher le corps en deux.

Je vis son horrible coup arriver sur moi. Elle allait pouvoir me traîner jusqu'en dehors des limites de la ville et me tuer.

A ce même moment, Ewen sauta sur Karina et la fit basculer. Elle rata son coup.
Il me releva et nous étions 3 dos au mur face aux 21 personnes.

« Tu es encore en vie toi ?! Cela veut dire que les autres sont morts... » s'exprima-t-elle.

« Ouais on a été plus fort c'est tout » dit Inès

« Petite insouciante ! Je vais vous faire payer ! Vous allez mourir ! Capturez-les !!! »

Elle ordonna à ses sbires de nous capturer pour nous tuer. Ils se dirigèrent tous contre nous.

« Pas le choix, je dois utiliser cette technique... » murmura Ewen

Ewen s'avança et planta son épée au sol, il cria :
« Déchaînement de l'épée de glace éternelle »

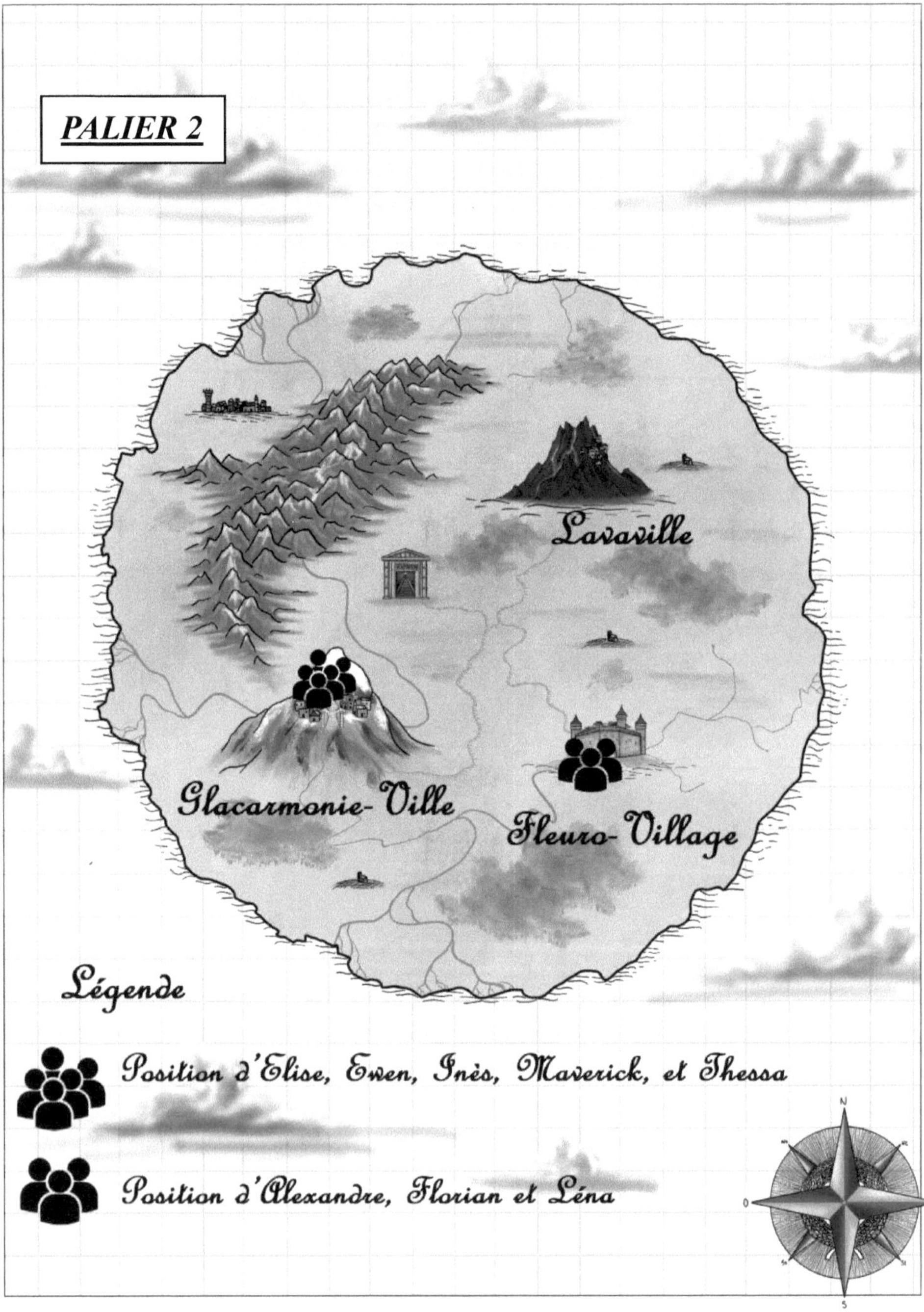

PALIER 2

Lavaville

Glacarmonie-Ville

Fleuro-Village

Légende

 Position d'Elise, Ewen, Inès, Maverick, et Thessa

 Position d'Alexandre, Florian et Léna

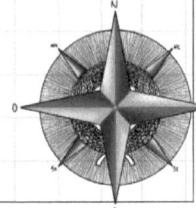

Chapitre 4 : Le pouvoir de l'épée de glace éternelle.

Une lumière bleu glacé aveuglante sortit tout à coup de son épée suivi d'une vague de gel intense qui nous refroidit.
De la glace commença à se répandre aux alentours de son épée.

J'entendis Ewen dire : « Déchaîne-toi ! Congèle-les tous !!! »
L'épée réagit à ses paroles et la glace se propagea de plus en plus rapidement.

Nous n'étions pas touchés car Ewen était notre ami, son pouvoir était intelligent.
Karina et ses sbires furent bloqués et la propagation de la glace les congela entièrement.

Ewen retira son épée, me regarda :
« Je t'ai sauvé bro ! A toi maintena… » commença Ewen.

Il tomba dans le coma avant même de finir sa phrase.

« Vite ! Je vais le porter, ça va aller Maverick ? » dit Inès.

« Oui allons rejoindre les filles et rentrons ! Karina n'est pas morte, elle est juste prisonnière de la glace d'Ewen mais nous ne savons pas quand elle va se dissiper » répondis-je.

« Son pouvoir était impressionnant... » finit Inès.

Nous rejoignîmes Elise et Thessa et nous repartîmes pour Fleuro-Village.

A notre arrivée à l'auberge Alexandre, Florian et Léna nous attendait.

Je posai Ewen dans le lit.

« Repose toi bien, merci de m'avoir sauvé »

Nous expliquons ce qu'il s'était passé à Glacarmonie-Ville.

Léna commença : « Merci d'avoir pris soin de moi et d'être intervenu pour me sauver,

Nous avons donc deux objets divins en notre possession. J'espère que le dernier n'est pas entre de mauvaises mains... »

« Qu'allons-nous faire maintenant ? » dit Florian.

« Faisons un récapitulatif de nos niveaux à tour de rôle ? » proposa Alexandre.

« Je commence, j'utilise une rapière et je suis niveau 39 » dit Thessa.

« J'utilise une épée et je suis niveau 42 » continua Elise.

« De mon côté je suis niveau 45 et j'utilise une épée aussi » répondis-je.

« Je suis niveau 44 et j'utilise une épée » dit Léna.

« Exactement pareil ! » s'exclama Inès.

« Je suis mage/épéiste et je suis niveau 42 » dit Florian.

« J'ai obtenu le niveau 41 et je suis mage » finit Alexandre.

« Ewen est épéiste et niveau 46 » dit-je.

« Et maintenant du coup ? » rigola Florian

« Allons dormir ! Nous avons besoin de repos, je reste éveillé pour veiller sur Ewen »

Je m'asseyais alors à côté de son lit.

Le lendemain, nous nous attablons pour discuter de la suite.

« Nous sommes en possession de deux objets divins, ce qui nous permettrait de vaincre le Boss de ce palier » proposa Thessa

« Ou alors on essaie de chercher le dernier objet divin pour être plus puissant ? » dit Florian

« Je pense que le dernier objet divin est possédé par la guilde LFH, j'ai entendu une conversation à Lavaville » répondis-je

« Alors allons vaincre le boss du Palier 2 ! » dit Inès.

Tout le monde tomba d'accord.

Il y avait donc Florian, Alexandre, Ewen, Léna, Inès, Elise, Thessa et moi qui se dirigèrent vers le Boss du Palier 2.

L'entrée du labyrinthe se trouvait au centre des trois villes.

Je regardais autour de moi et j'observais tous les indices qu'il pouvait y avoir.

J'envoya un message à Lilian : « C'est parti mettez le plan en œuvre ! »

Nous arrivons à l'entrée qui était une sorte d'escalier menant à un sous-sol.

L'endroit était lugubre et l'escalier ne donnait pas envie d'être emprunté.

« Descendons ! » proposa Elise

Après quelques minutes de descente nous arrivons dans une énorme chambre où il faisait sombre.

Au milieu de la salle il y avait un bouton pour activer quelque chose.

« Soyez sur vos gardes, commençai-je, dès que nous aurons appuyé sur ce bouton je pense qu'une vague d'ennemis apparaîtrons ! »

« Attends alors ! Ewen et Léna n'utilisait que les pouvoirs de l'épée si vous êtes en danger ! Je ne veux pas que vous soyez des boulets durant votre coma et vous ne les avait utilisés qu'une seule fois donc faites attention ! » rappela Inès.

« Très bien » dirent-ils.

J'appuyai sur le bouton et la salle fut éclairée soudainement.
Une horde d'ennemis composé de deux nains avec une hache, deux énormes sangliers et un elfe apparurent.

« C'est quoi ça ?! » cria Alexandre.
L'elfe vola jusque lui pour l'attaquer.
Je chargeai un saut afin de contrer son attaque et de lui mettre un coup, qu'il esquiva.
Je retombais au sol et regarda l'elfe virevolter autour de moi.

« Ça s'annonce plus compliqué finalement ! » dit Florian

Les nains attaquèrent ensemble Inès et Léna.
Ewen fut cibler par l'un des sangliers.
Elise, Thessa et Florian par l'autre.
Alexandre et moi étions attaqué par l'elfe.

Alors que notre ennemi chargeait un sort, je voyais une boule de feu de plus en plus grande se formait.

Je criai : « Alexandre ! Florian ! Il faut créer un bouclier magique qui nous protégera de son sort ! »

Ils se mirent à réciter la formule pour ce sort.

En attendant le sort j'observais Ewen qui combattait seul le sanglier ennemi.

« Il est en effet plus fort qu'avant, l'épée doit donner une certaine puissance. Il y a encore pleins de choses qu'on ne comprend pas mais le pouvoir de ses objets divins est incommensurable. »

Il venait de frapper l'ennemi sur le flanc droit et l'épée avait créé une fracture de glace sur l'ennemi et le geler légèrement à l'endroit de l'impact.

Du côté de Léna, son épée est extrêmement tranchante, son pouvoir qui correspond aux fleurs à épines permet à ce que n'importe lequel de ses coups tranche deux voire trois fois plus qu'un simple coup.

« Je me souviens de la fois où elle a utilisé sa technique, c'était impressionnant »

J'étais impressionné par le charisme que faisait preuve mes amis avec leur nouveau pouvoir, Léna est une belle femme assez grande pour son âge avec de longs cheveux blond doré.

Ewen est quant à lui un homme charmant avec des cheveux mi-longs blonds dorés également. Ils se ressemblent énormément, ce qui est normal pour un frère et une sœur.

Un bouclier se créa devant nous et l'elfe tira sa boule de feu juste à ce moment.

Elle explosa dans toute la salle.

Je vis Florian et Alexandre avoir du mal à tenir le sort du bouclier magique car la puissance du sort de l'elfe était énorme.

Lors de la dissipation du sort, il ne restait que l'elfe.
Les autres ennemis avaient péri à cause des flammes du puissant elfe, bien qu'ils eussent déjà été blessés.

Nous l'attaquons tous ensemble. Il succomba sous la puissance de tous nos coups et combos.

Alors qu'il venait de disparaître en lamelles de codes, une lueur rouge clignota dans toute la salle.
« Faites attentions à vous !! » criait-je à mes amis.

Ewen et Léna était du côté droit de la salle,
Inès et Thessa du côté gauche,
Alexandre, Elise, Florian et moi étions vers le milieu de la salle.

Tout à coup une lumière apparu sur le mur au fond de la pièce.
Cette lumière était agréable, puis elle vient se briser et apporter un sentiment de mal-être en nous.

Une lumière sombre, semblable aux ténèbres sortit de celle-ci et le Boss de ce second palier apparu à son tour.

« Attention le voilà !! » annonça Inès.

Il s'avança vers nous. Ce boss était impressionnant au vu de sa taille, il devait faire environ 10 mètres de hauteur, il possède deux têtes, un corps plutôt robuste, quatre bras avec une arme à chaque et deux jambes. Son armure en fer le rendait solide et il ressemblait à un géant.

Il se mit à bouger ses bras pour nous attaquer. En abattant un long marteau sur le sol, il créa une onde de choc qui nous souleva du sol,
Il enchaîna avec sa faux pour faire des dégâts à Ewen et Léna avec son bras gauche, et avec une lance dans son bras droit qui mit à mal Inès et Thessa.

Ils avaient perdu environ 20 HP chacun.

« Il est intelligent, il a enchaîné ses attaques pour nous affaiblir et ensuite nous mettre des dégâts. » réfléchissais-je.

Ewen décida de ne pas se laisser faire.
Il lança une attaque coordonnée avec Léna.

Ils sautèrent très haut pour couper les bras musclés du boss, cela ne lui fit que des égratignures malgré le tranchant de l'épée aux fleurs à épines.

« On n'a pas le choix Mav ! Il faut utiliser nos épées ! » dit Léna.

Thessa et Inès de leur côté encaissaient les coups et frappaient dans les jambes du monstre.

Florian et Alexandre créèrent une énorme boule de feu qui vient frapper la tête du Boss de plein fouet et l'empêcha de voir pour quelques secondes.

Un plan se dessina dans ma tête.

Alors que Elise grimpa en effectuant des sauts sur le Boss, je dis à Alexandre et Florian :

« Faites le meilleur sort de lenteur et de gel dont vous pouvez !! Lancez-le dès que possible ! »

Ils étaient du même avis et se concentrèrent.

Inès lança un de ses combos spécial pour attaquer le flanc de l'ennemi.
Thessa recula afin de boire une potion pour reprendre des HP.

Ewen et Léna essayaient tant bien que mal de trancher les bras gauches du Boss.

Elise arrivant au niveau de la tête du monstre lui explosa les yeux qui étaient déjà presque régénérés.

« Venez vers moi tout le monde ! » criait-je.

Tous me rejoignirent. Je donnai le signal à Alexandre et Florian et ils lancèrent le sort de glace et de lenteur qu'ils avaient chargés.

« Voilà le plan : Elise et Thessa je vais vous demander de faire votre technique spéciale ensemble afin de faire un maximum de dégâts sur le Boss, nous ne savons pas combien d'HP il a mais cela doit être aux alentours des 1500 ! Puis Ewen et Léna vont utiliser leurs objets divins à fond pour affaiblir le monstre jusqu'à ce que vous n'ayez plus d'énergie.
Florian et Alexandre vont charger une boule de feu et l'envoyer en pleins dans l'armure de son ventre, puis Inès et moi allons faire nos combos dans sa tête pour l'achever, vous êtes prêts ? »

« Je suis prêt à prendre le risque ! Je te fais entièrement confiance bro ! » dit Ewen.

« Il en va de même pour moi » souriait Léna.

« On te suit » répondirent-ils.

Avec plusieurs sauts Elise et Thessa arrivèrent au niveau de la tête du Boss et réalisèrent rapidement leur technique spéciale : « Truth Girls »

Elle était devenue bien plus puissante qu'avant : Elise tranchait d'abord en croix avec deux coups d'épées et Thessa venait ensuite enfoncer sa rapière dans le visage de l'ennemi pour créer de gros dégâts.

Elles retombèrent au sol.
C'était à Ewen et Léna d'utiliser leurs puissantes épées.

Inès et moi montèrent sur le mur pour prendre de la hauteur et charger un saut pour arriver sur la tête du monstre après que Ewen et Léna aient terminés leurs combos.
Je jetai un coup d'œil durant mon ascension.

Ewen planta son arme dans le sol et exécuta sa technique spéciale appelée :
« Déchaînement de l'épée de glace éternelle »

Léna, quant à elle, leva son épée vers le ciel et utilisa sa technique nommée :
« Explosion d'épines »

Leurs techniques spéciales commencèrent.

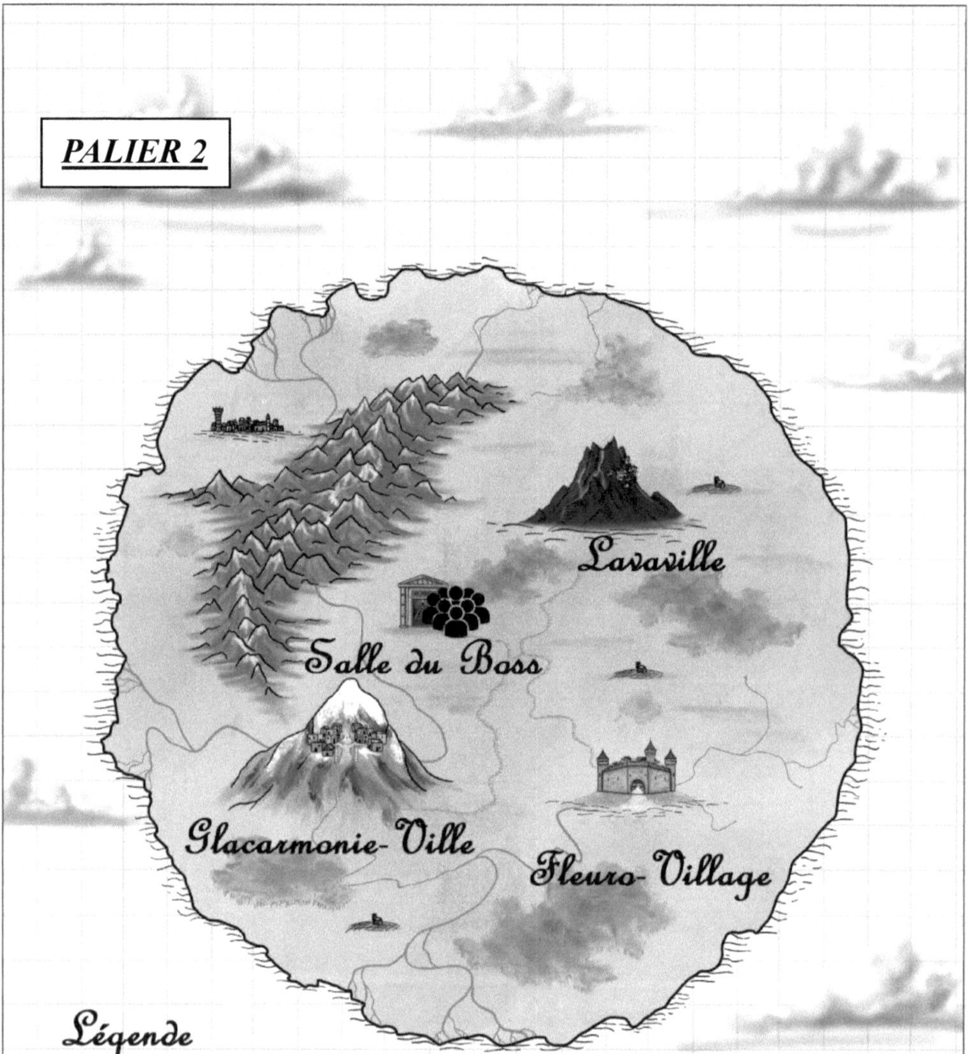

PALIER 2

Lavaville

Salle du Boss

Glacarmonie-Ville

Fleuro-Village

Légende

Position d'Alexandre, Elise, Ewen, Florian, Inès, Maverick, Léna et Thessa

Chapitre 5 : Le Renouveau de la guilde La Morsure du Dragon

L'épée d'Ewen se mit à briller très fort et autour de lui se créa une forte formation de pics glacés en cercle concentrique.

Il demanda à son épée de se déchaîner et d'abattre son ennemi. De la glace vint se former et avança vers les jambes du Boss.

Ewen commençait déjà à suer dû à la puissance de son épée.

« Je dois continuer pour mes amis ! Je dois tenir !! » chuchotait-il

« Allez épée de glace ! Gèle donc ses jambes !! » criait-il soudainement.

La glace et l'ambiance froide se répartit jusque ses jambes et emprisonna cette partie du corps du Boss dans de la glace.

Ewen sentait déjà son corps partir mais il savait que s'il lâchait son épée le pouvoir serait plus fragile et le monstre pourrait à nouveau se déplacer. Il garda ses mains sur son épée et posa un genou au sol.

Quant à Léna, des milliers de fleurs à épines sortirent de son épée et elle pointa son épée vers le bras gauche du Boss puis vers le droit.

Les fleurs jaunes venaient tourbillonner autour de ses bras et tranchaient à chaque passage sa peau.

Vient un moment où les fleurs arrachèrent les bras du Boss qui ne pouvait plus attaquer.

Les attaques des deux objets divins avaient enlevé environ 1000 HP à l'ennemi.

Il devait lui rester 200 HP environ.

Florian et Alexandre lancèrent leur sort tout droit sur le ventre du monstre, la boule de feu était énorme, elle atterrit sur l'armure du ventre de l'ennemi et la fit fondre pour brûler sa peau.

Inès et moi sautons ensemble pour faire nos combos et achever le Boss.

Je fis mon combo spécial « Trial Square » et lui trancha son visage.

Inès arriva derrière moi à toute vitesse et tenait son épée horizontalement pour trancher et pénétrer un maximum sa chair.

Elle passa à travers son crâne et en ressortit de l'autre côté plein de liquide visqueux.

Le Boss venait de perdre tous ses HP,

J'étais en train de retomber quand tout à coup je vis une lueur sortir du Boss...

Qui explosa.

Je fis projeter vers le mur derrière moi à cause du souffle de l'explosion puis je retombai au sol.

J'avais perdu énormément d'HP.

La fumée était trop dense et je ne savais pas où étaient mes amis.

J'étais assis dos au mur, avec 15 HP restants.

« Le souffle de l'explosion a dû faire 100 HP de dégâts, j'espère qu'ils s'en sont tous sortis... » me disait-je.

La fumée se dissipa peu à peu mais j'entendais des bruits de pas lourds et se rapprochant de moi.

« Florian ?! Inès ? » criait-je

Tout à coup une épée s'abattit sur moi, j'eus à peine le temps de rouler sur le côté pour l'esquivait.

Le brouillard venait de s'estomper entièrement.

Ewen et Léna étaient dans un coin dû au souffle de l'explosion, inconscients et sans leurs épées.

Florian et Alexandre étaient avec Elise et Inès dans un autre coin en train de se protéger de quelque chose.

La même chose qui venait de m'attaquer.

Il y avait dans la salle avec nous trois autres Boss plus petit, environ 3 mètres chacun avec deux bras dont un avec une épée, d'une forme humaine, c'était la phase 2 du combat du Boss qui c'était divisé en trois autres.

Un se dirigeait vers Ewen et Léna, qui étaient sans défense.

L'autre sur Inès, Elise, Florian et Alexandre et le dernier sur moi.

Celui s'approchant de Ewen et Léna changea de direction soudainement après s'être pris un coup de rapière par Thessa. Il allait l'attaquer elle alors qu'elle n'avait plus beaucoup d'HP.

Dans la fenêtre virtuelle du groupe, je réussis à lire qu'il ne lui restait que 5 HP.

J'esquivai en même temps les coups de l'ennemi qui souhaitait ma mort.

Je vis le groupe des 4 bien s'en sortir face à celui qui les attaquait.

Thessa en reculant tomba au sol et ne pouvait pas se défendre.

J'étais bloqué par le mien et je n'avais plus de force pour esquiver.

Je fermai les yeux et j'entendis des bruits de pas.

Puis, alors que l'épée du Boss allait s'abattre sur moi, quelqu'un para le coup et le fit reculer avec un combo.

J'ouvris les yeux et je vis Lilian qui me souriait !

« On est arrivés à temps à ce que je vois ! »

Je regardai Thessa, dans les bras de Nathan qui l'avait sauvé juste avant que l'épée de l'ennemi ne la touche.
« Oui vous êtes arrivés à temps ! » lui dis-je.

« Le renouveau de LMD est avec nous aussi comme tu nous avait demandé !! » répondit-il.
Jolan, Cloé et Anais exécutèrent un sort de soin afin de soigner tous les alliés de la salle.

Les autres membres de la guilde s'attaquèrent aux petits Boss restants.

« Heureusement que tu nous as confiés cette mission Mav ! On a réussi à mener à bien notre plan et ramener la guilde jusqu'ici !! » confirma Lilian.

Alors que Nathan finit par tuer le dernier petit Boss du palier 2 et il explosa en milliers de codes. Un message de félicitations apparu au-dessus de nous dans la salle.
Il obtient un objet spécial qu'il rangea aussitôt dans son inventaire ainsi qu'une grande quantité d'alc.

Tout le monde applaudissait et était heureux d'en avoir fini avec le 2ème Boss.
Certains soldats de la guilde La Morsure du Dragon allèrent à travers le chemin qui s'était ouvert pour activer le portail de téléportation pour le palier 3.
Tous les portails pouvaient maintenant aller au troisième palier.

Certains mages de la guilde s'occupèrent de Ewen et Léna.

Je m'approchai des responsables de LMD pour les remercier d'être venus nous sauver.

« Merci, Jolan Cloé et Anais, pour votre aide et le soutien ! Grâce à vous et votre guilde nous avons pu nous en sortir vivants et tuer ce foutu Boss !! » commençais-je.

« Ne t'inquiète pas ! On doit bien cela à celui qui nous as protégé d'un immense dragon ah ah » se moqua Jolan

Je lui mis une tape dans l'épaule pour rigoler.

Tout le monde était regroupé dans la salle en attendant les ordres de LMD.

« On va continuer vers le Palier 3 pour l'explorer et nous améliorer » dit Cloé
« A la prochaine !! » continua Anais.

Jolan me regarda et s'exclama :

« J'aimerais te défier... en 1 vs 1 »

Je lui répondis : « Mais j'ai une épée et toi tu es un mage... je vais gagner facilement... ce n'est pas équitable »

« Laisse-moi essayer » dit-il

« Ok, très bien ! Allons en ville pour faire ce combat ! A Sundine ça te va ? »

« Parfait je préviens juste Cloé et Anais on se rejoint là-bas ! »

Je retournai avec mes amis et leur annonça que j'allais faire un duel contre Jolan.
Ils étaient excités de voir ce que cela allait donner !
Ewen et Léna était remis sur pied.
« C'est plus facile de reprendre des forces que la première fois ! On va s'entraîner pour maîtriser nos armes plus facilement ! » dit Ewen.

« Oui on va devenir super forts ! » continua Léna.

« Qu'allez-vous faire maintenant les amis ? » questionnais-je.

« Nathan et moi allons vivre un moment au Palier 2 à l'auberge de Fleuro-Village, on souhaite profiter un peu de notre couple » affirma Thessa.

« Ewen et moi allons s'entraîner avec nos épées divines pour devenir plus forts près de Lavaville, on a entendu dire qu'il y a des bêtes assez fortes. » dit Léna.

« J'aimerais m'améliorer et aider les personnes du Palier 1 » s'exclama Elise.

« Je dois partir rejoindre quelqu'un que j'ai rencontré à Fleuro-Village » dit Alexandre.

« Je crois que je vais rester avec toi Maverick pour voir ton combat » chuchota Lilian dans mon dos

Florian et Inès me suivraient aussi pour voir le combat contre Jolan.

Quelques heures passèrent avant que nous arrivions à Sundine, nous étions partis manger quelque chose dans un petit restaurant qui avait rouvert après la destruction de la ville du palier 1. Elise, qui devait rester dans cette ville, nous avait accompagné pour manger.

Le chemin de la ville du départ à Sundine s'est passé sans réelle encombre, en sachant que les monstres sont de niveau bien inférieur à nous.

Jolan se trouvait là devant moi, mais personne n'était venu avec.
Lilian, Florian et Inès se mirent sur le côté pour observer le combat.

« Allez Mav ! Tu vas gagner !! »

J'entendais mes amis m'encourageait mais quelque chose me faisait peur à l'intérieur.

Je regardais Jolan dans les yeux et il avait une idée en tête, cela se remarquait sur son visage.

La fenêtre virtuelle pour accepter le combat, apparue devant moi.

J'appuyai sur « oui » et le duel démarra.

Il incanta un sort, je le laissai démarrer la première attaque.
Je m'étais préparer à esquiver un de ces fameux sorts de glace.

Il me regarda soudainement et rigola, en lançant son sort.
Plusieurs filets de codes apparurent et se réunirent dans son corps. Il se transforma en un monstre de 4 mètres, un géant de glace.

« Tu es prêt Maverick ?! » cria-t-il.

Je jetai un rapide coup d'œil à mes amis qui étaient stupéfaits.

Après lui avoir répondu, j'esquivais une de ces attaques.

Il tenta d'abord de m'abattre avec une dizaine de coups de poings.
Je pris quelques dégâts.

Puis, je sautai très haut en ayant chargé un saut. Je me retrouvais derrière lui et le frappa en plein dos. Jolan bascula sur le côté et se releva aussitôt. Il utilisa un sort pour me geler les pieds et me frappa de plein fouet avec une technique qui avait enflammé son coup de poing.

Je réfléchis durant le choc, il s'était à ce point entraîné. Mais pourquoi ? Après la mort des anciens chefs de LMD ? Pour pouvoir vaincre les boss des paliers restants ? Je ne savais pas.

Alors que j'étais au sol, je lui souris à mon tour. Il hésita un instant.

Cet instant me permis de me dégager de l'endroit et d'esquiver son attaque. Je m'accrochai à lui pour chuchoter « Tu feras un bon chef ! Protège-les tous ! »

A ce moment Jolan chargea un saut et un sort en même temps.

Il sauta très haut dans le ciel, son sort de monstre s'était dissipé. Il enchaîna par envoyé son sort alors qu'il était à 20 mètres du sol.

Une énorme boule de feu atterris sur le sol et mes HP tombèrent à 1.

Il avait gagné ce duel.

Je repris mes esprits et le félicita.

« Merci Maverick, j'espère qu'un jour on aura la chance d'affronter ensemble un Boss de Palier. »

Je lui répondis :
« Sûrement, en tout cas n'oublie pas de protéger ta guilde ! »

Il acquiesça. Je retrouvai Lilian Florian et Inès.

« C'était impressionnant ce combat Maverick ! » dit Inès.

Je lui répondis que c'était un bon duel.

PALIER 1

Labyrinthe

Ville du départ

Sundine

Nid du Dragon

Légende

Position de Florian, Inès, Jolan, Lilian et Maverick

Position d'Elise

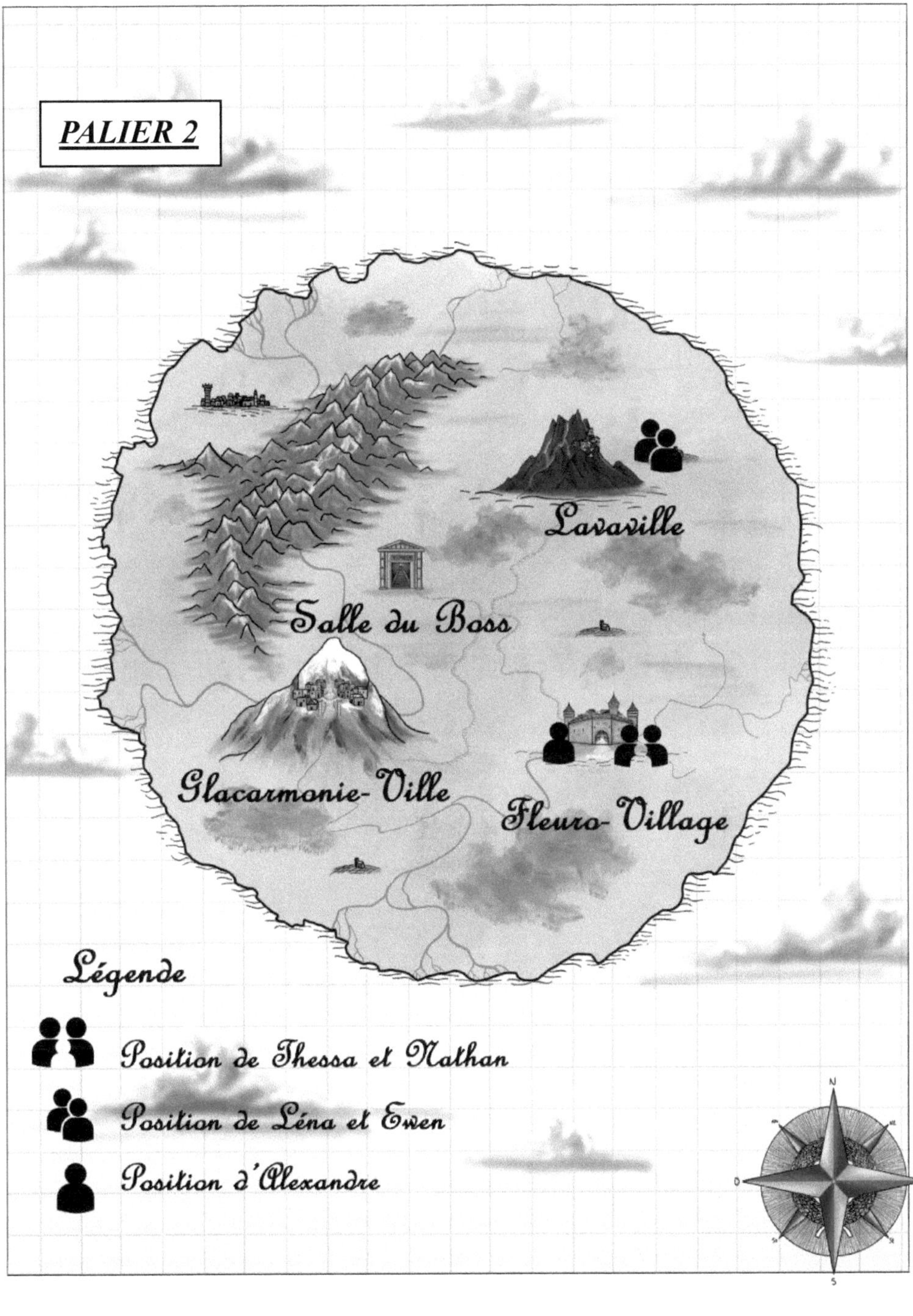

PALIER 2

Lavaville

Salle du Boss

Glacarmonie-Ville

Fleuro-Village

Légende

 Position de Thessa et Nathan

 Position de Léna et Ewen

 Position d'Alexandre

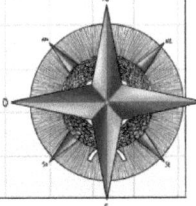

Chapitre 6 : Six mois après la défaite du Boss du Palier 2

Environ la moitié d'une année c'était écoulé depuis que l'accès au Palier 3 avait été découvert. La guilde Ordre des dieux c'était bien développée depuis, elle comptait une cinquantaine de personnes. Entre-temps, Maverick et son groupe d'amis avaient créé une guilde juste pour eux, afin d'attester de leur existence comme groupe à part entière. Ils ne faisaient plus partie de la guilde La Morsure du Dragon.

Nous reprenons l'histoire au niveau de l'ouest du Palier 3 :

Inès esquiva le coup de poing d'une fille avec une allure plutôt masculine.
Elle lui en renvoya un dans le ventre avec toute sa force.
Puis elle enchaîna par un coup de pied dans la tête.

Inès sauta en arrière et utilisa son épée pour lui asséner le coup final.
Elle était devenue beaucoup plus forte qu'avant et avait un équipement bien meilleur.
La fille ennemie disparue en lamelles de codes.

En reprenant son souffle, elle se retourna pour voir comment se portait son nouveau partenaire, Enzo, qu'elle avait rencontré durant un événement du Palier 1.

Il se battait contre deux hommes, mais il n'avait pas le dessus.

Enzo n'avait pas beaucoup d'expérience de combat mais Inès avait décidé de lui apprendre à se battre.

Tout en courant vers lui, elle sauta de toits en toits pour ne pas se faire repérer.

Elle arriva par derrière les deux ennemis et exécuta l'une de ses nouvelles techniques : « Taillade Infernale »

Un premier coup d'épée fut envoyé dans le dos du premier homme.

Puis un deuxième dans celui du second.

Ensuite, elle rangea son épée dans le fourreau attaché dans son dos.

Les deux hommes commencèrent à crier, ils étaient brûlés et ne pouvaient plus combattre.

« Finis les maintenant Enzo ! »

Il abattit son marteau dans le ventre du premier et explosa la tête du deuxième.

Ils disparurent sous la forme de lamelles de codes.

« Je n'aime pas faire ça tu sais... » commença Enzo.
« On n'a pas le choix, c'est soit eux soit nous... » dit-elle.

La guilde Les Fanatiques Harceleurs faisaient encore des siennes et avaient tués une centaine de personnes depuis six mois dans le Palier 3.

Leur Chef n'avait pas encore été trouvé.
L'endroit où se trouvait Inès et Enzo est un vieux village à l'Ouest du Palier 3 où un site de ruine antique est censé se trouver selon une légende d'un PNJ.

Ce nouveau Palier est énorme, il représente trois fois le Palier 1 en termes de proportion.

« Allons rejoindre Maverick pour lui faire notre rapport »

Avec la taille du Palier 3, il était désormais possible d'acheter une maison ou un bâtiment afin de ne plus avoir besoin de dormir à l'auberge.

Mais il est aussi possible que n'importe qui puisse attaquer l'endroit pour mettre le feu à la maison et tuer les autres personnes en particulier la guilde LFH mais aussi d'autres personnes mal intentionnées. Il était même possible de casser des murs avec des sorts explosifs. Le lieu où le bâtiment achetable, bien qu'il soit dans une ville ou non, n'est pas protégé comme un endroit d'une ville comme une zone sécurisé.

Le Palier 3 avait apporté de nouvelles choses.

Maverick avait acheté un bâtiment qui ressemblait à une maison sur deux étages mais bien consolidée. Il y avait 7 chambres, un grand salon, et d'autres pièces que l'on peut retrouver dans une maison normale.

Inès et Enzo passèrent la porte et allèrent voir Maverick.

« On a réussis à tuer trois autres membres de la LFH » dit Inès.

« Ah super ! C'est regrettable mais c'est soit vous, soit eux. Vous n'êtes pas blessés ? » répondis-je.

« Non non t'inquiète ! On s'en sort bien ! Et Inès est très forte ! » dit Enzo.

Inès le regarda avec un léger sourire. Il était plus grand qu'elle de 20 cm et paraissait comme son garde du corps. Cela me faisait plaisir qu'elle ait trouvé quelqu'un avec qui faire équipe et qui pourrait la protéger, malgré qu'elle suive son rôle de mentor au sérieux.

Elise débarqua tout à coup.

« J'ai besoin de votre aide vite ! Venez ! »

Inès, Enzo et moi partons aussi vite en suivant Elise qui nous expliqua sur la route, tout en courant :

« On a retrouvé Lilian près du pont de Limhu à l'est de la ville Archk, il est encerclé par une vingtaine d'Horus !! »

« Hein ?! Une vingtaine d'Horus... mais... c'est impossible ! » répondis-je

Les Horus sont d'énormes chouettes de 4 mètres avec une défense d'acier. Ce sont des monstres que l'on trouve un peu partout dans le Palier 3.

« Florian et Alexandre sont restés pour temporiser en nous attendant mais ça va être super compliqué... j'espère qu'ils n'ont pas perdus la vie. »

En arrivant là-bas je voyais Lilian sauter sur les Horus et se battre de toutes ses forces, il était coincé par un sort qui enfermait le combattant pour qu'il ne s'enfuit pas. C'était une des particularités des Horus. Florian et Alexandre étaient enfermés dedans aussi.

« Il faut casser cette demi-sphère magique qui empêche nos amis de s'enfuirent. »

Après de nombreux coups d'épées, de techniques et de combos, nous réussirent à casser celle-ci.

Cinq des vingt Horus se retournèrent vers nous pour attaquer.
Je mis un coup d'épée en avant sur le premier, puis j'exécuta mon combo spécial « Trial Square » pour le tuer. Il disparut en lamelles de codes.

Enzo s'attaqua au second et lui aplatit la tête avant de la lui exploser.

Elise lança sa plus puissante attaque et acheva un autre Horus avec quelques autres coups d'épées.

Inès tua les deux derniers à l'aide de son épée.

Florian et Alexandre avaient réussi à en tuer 3 et Lilian en avait battu 2.

Il en restait dix.
Soudainement je me pris un coup brutal d'une aile.
Inès fut attrapée par un Horus qui s'envola avec.

Enzo sauta sur l'un des premiers ennemis et chargea un saut pour rejoindre Inès. Il lui attrapa la main et tenta de donner un coup de marteau à l'ennemi qui emportait sa coéquipière.

Elise, Florian, Alexandre et Lilian me rejoignirent afin de me protéger contre les neufs ennemis restants.
Soudainement, une brise fraiche et une odeur de fleur se firent ressentir.

Le cri de deux voix familières que j'entendis au loin derrière nos ennemis.

Les Horus se retournèrent mais furent gelés instantanément puis la glace fut entourée de fleurs à épines qui tourbillonnaient.
La glace se brisa sous le choc des fleurs à épines et tous les ennemis furent détruits et disparurent en lamelles de codes.

C'était Ewen et Léna avec leur objet divin qui venaient de nous sauver.

Je m'attendais à ce qu'après cette attaque ils tombent dans le coma, mais je m'étais trompé, ils étaient tous deux en pleine forme.

« Notre entraînement à payer t'as vu Mav !! » dit Ewen en me serrant dans ses bras.
Inès et Enzo nous rejoignirent sains et sauf.

« J'ai hâte d'avoir de vos nouvelles à tous ! Rentrons à la base de la guilde, cela fait deux mois qu'on ne s'est pas vu ! » continua Léna.

Nous prenons la route vers la base de la guilde.

Arrivés là-bas, tout le monde s'assit.

« La guilde LFH est vraiment dangereuse ces derniers temps dans les deux villes jumelles Archk et Orchk, on se méfie de plus en plus car, à Archk, là où nous nous situons actuellement, on a vu des personnes la nuit en train de regarder la base. Comme s'ils préparaient quelque chose... » commençai-je

« Ils m'ont l'air dangereux, nous devrions rester sur nos gardes ! » affirma Léna.

« Justement on devrait peut-être faire des tours de garde la nuit, proposa Ewen, surtout que maintenant nous avons nos objets divins avec Léna et on peut vous protéger ! »

« Nous devrions instaurer cela ! » continua Inès.

Tout le monde était d'accord et cette nuit-là, Alexandre commença son tour.

Plusieurs jours passèrent, les quêtes du Palier 3 amenèrent beaucoup d'expérience à toute la guilde.

Ewen, Léna, Inès et Enzo allèrent au vieux village où se situe le site des ruines antiques et n'y trouvèrent rien d'autre qu'un parchemin indiquant la récompense si quelqu'un battait le monstre de ces ruines.

« Déjà faudrait-il savoir comment on y accède... » râlait Enzo.

La récompense était une technique secrète qu'une seule personne aurait accès.

« Wow...ça donne envie ! » dit Inès.

« On devrait montrer cela à Maverick et les autres ! » enchaîna Léna.

Ils rentrèrent et annoncèrent la nouvelle aux autres. L'excitation était à son comble étant donné la récompense exclusive.

« On y part demain matin tous ensemble alors ! On verra qui aura la chance de tuer le monstre qui règne sur les ruines antiques » décida Florian

« Et si on invitait Thessa et Nathan ? » demanda Lilian

Tout le monde accepta et Lilian envoya un message via la fenêtre virtuelle pour les convier.

La nuit tomba et je demandai à Alexandre de me rejoindre dehors.

« Hey ! Qui est de garde cette nuit ? »

« Je pense que c'est Lilian » me répondit-il.

« Ça marche ! Merci, mais dit-moi, je viens de me souvenir de quelque chose, tu n'avais pas été voir un ami après la défaite du Boss du Palier 2, tu avais dit que tu l'avais rencontré à Fleuro-Village. »

« Oui c'est vrai... Il s'appelle Mouss, je l'ai aidé à régler quelques affaires et on va dire qu'on se voit de temps en temps. »

« Que dirais-tu qu'il rejoigne la guilde ? Comme ça tu pourras le voir plus souvent ! »

Je lui proposai cela et il acquiesça.

Après être rentré je ne fermai pas la porte car Alexandre était resté dehors et j'allais me coucher.

Soudainement vers 5h00 du matin, un bruit d'explosion se fit retentir.
Je me réveillai. Je me levai rapidement de mon lit.
Des buées noires commençaient à rentrer dans ma chambre.
Une odeur de brûlé se faisait sentir dans toute la pièce.

Il fallait que je sorte au plus vite avant de mourir d'asphyxie.

J'enfonçai ma porte puis j'atterris au sol à cause du changement de température brut.

J'ouvris les yeux, encore un peu sonné de mon réveil choquant.

Je vis l'entrée de la maison qui était détruite par un sort d'explosion, une partie de l'étage avait aussi était endommagée.

Les flammes ravageaient la base, j'entendis des mages en train de réciter des formules pour créer des sorts d'explosions.

Je me demandai alors où étaient mes amis, étaient-ils en vie ? Ou bien avaient-ils péris ?

Je vis Florian arriver vers moi et créer un sort de bouclier.
Puis une explosion retentit. Une deuxième et une troisième.
Le bouclier créé par Florian n'y résista pas.

Les dégâts subis étaient énormes.
Je me rappelai d'un souvenir : J'étais assis, il y a deux mois de cela aux côtés d'Ewen, en train de partager un moment de complicité entre frères, et il m'a dit :
« Fréro ? Est-ce bien raisonnable cette base pour notre guilde ? »

C'est ici que s'achève le Tome 2 de « Un Monde Parallèle »

Alors que la base du Palier 3 est en train de se faire bombarder, Florian a essayé de protéger Maverick avec un bouclier mais après trois explosions cela n'a pas tenu et ils se sont faits balayés par le souffle de l'explosion. Quel est l'ampleur des dommages ? Qui est encore en vie ?

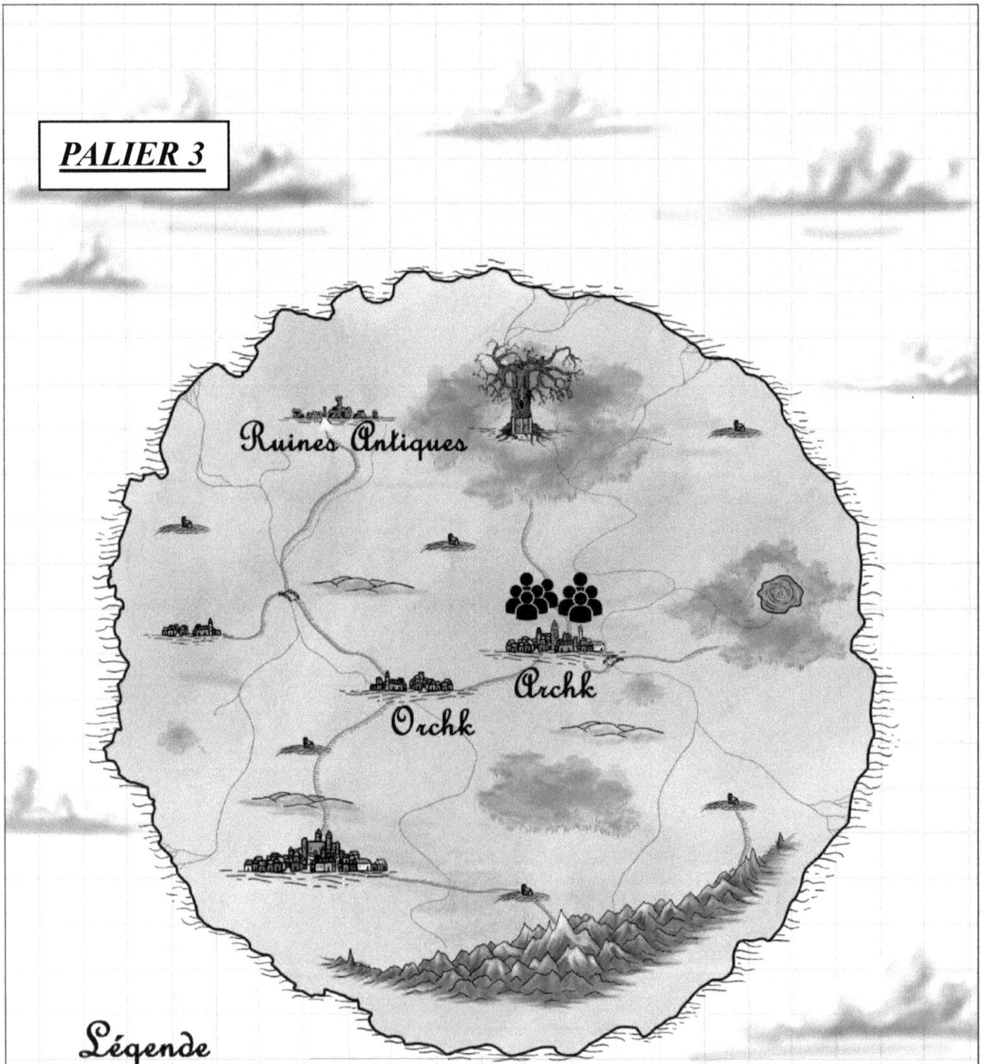

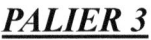

PALIER 3
Ruines Antiques
Archk
Orchk
Légende
Position d'Alexandre, Elise, Enzo, Ewen, Florian,
Inès, Léna, Lilian et Maverick
N
O
S

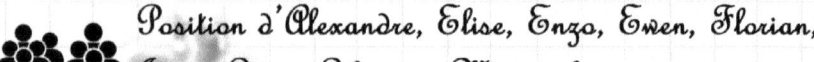

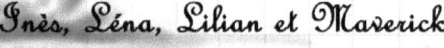

Chapitre 1 : L'attentat sur la base de la guilde

Sur Terre, pendant le 21ème siècle, des adolescents se retrouvèrent mystérieusement attrapés par des Aliens.

L'engin spatial les ayant capturés, se dirigea dans une constellation inconnue puis dans un vaisseau immense de la taille de plusieurs villes.

Après presque un an en captivité de celui qu'ils appellent leur ennemi juré, le groupe de nos héros ont réussis à vaincre le Palier 1 ainsi que le Palier 2.

Ils s'attaquent donc au Palier 3, dans lequel ils passent 6 mois à explorer, s'améliorer et appréhender cette immense zone faisant trois fois la taille du premier palier.

Nous reprenons l'histoire 6 mois après la défaite du Boss du Palier 2, où la base de la guilde est en train de se faire bombarder et attaquer.

Je me fis balayer par le souffle et me retrouva plaquer contre le mur.

Florian avait disparu de mon champ de vision après cette troisième explosion.

La fumée remplissait toute la pièce et je n'y voyais plus rien.

Je pensais à quelque chose :

Si l'on se fait attaquer, comment vont les autres ?

Il y avait Inès et Enzo au premier étage, Alexandre, Elise et Lilian au second et Léna et Ewen au rez-de-chaussée.

Au vu de l'avancée de la destruction de la base, ils étaient forcément réveillés.

J'étais mort d'inquiétude pour eux.

Une odeur de rose se fit ressentir. Puis un gel intense parcouru la fumée qui commençait à disparaître.

« Ewen est en train de se battre » chuchotais-je

Je me relevai et fonça en direction de l'odeur pour aller l'aider.

Après plusieurs mètres, la fumée était entièrement dissipée. Je vis l'ampleur des dégâts et cela me donna froid dans le dos.

Le premier ennemi que j'aperçu fut un des mages qui avait détruit la base avec leur sort.

J'attaqua rapidement en l'enchaînant avec mon combo spécial « Trial Square »

Il disparut en lamelle de code lorsque ses HP tombèrent à 0.

« Derrière toi Maverick ! » cria Léna
Un des épéistes venus pour nous tuer allait me porter un puissant coup dans le dos.
Elle utilisa une technique spéciale avec son épée aux fleurs épineuses qui déchira la peau de l'ennemi.
J'aperçu aussitôt Ewen en train de se battre contre trois autres épéistes.
« C'est l'anarchie ! comment vont les autres ? » dis-je à Léna
« Je ne sais pas ! on se bat avec Ewen depuis 5 min, on en a déjà tué 10 au moins ! Je commence à être à bout de forces, il va falloir réfléchir à un moyen de s'en sortir… »
« Je vais me battre avec Ewen, essaie de chercher les autres, Florian est dans ce qu'il reste du salon »

Le salon était la pièce la plus écartée de l'explosion et de l'avancée de la destruction de la base.
Léna monta au premier étage pour aller chercher les autres.
Je rejoignis Ewen.

Pendant ce temps, Alexandre, Elise et Lilian étaient descendus du second étage pour rejoindre le salon sous le chaos des explosions et batailles.
« Florian ! Comment tu vas ? » cria Elise

« Ça va, je suis un peu sonné, j'ai essayé de sauver Maverick de l'explosion mais j'ai pris énormément de dégâts, faites attention il y a de nombreux ennemis dehors… »

Alexandre le soigna et ils parlèrent de la situation

« On a éliminé deux des ennemis qui étaient montés au second étage, alors on a voulu vérifier si vous alliez bien, c'est un carnage dehors, entre les flammes qui rongent le toit de la base, les murs à moitiés détruits et la trentaine d'ennemis qui attendent pour nous tuer et rentrer dans la base. » commença Lilian.

« Il faut élaborer un plan pour s'en sortir… » dit Florian.

« Réfléchissons le temps qu'Ewen et Maverick nous protègent et se battent dans ce qu'il reste de la devanture de la base. » expliqua Alexandre.

Léna trouva Inès et Enzo en train de se battre contre 5 hommes.

Enzo était bien amoché en voulant protéger Inès.

Léna commença par se battre avec un des hommes.

Alors qu'elle en élimina trois et que les deux autres en tuèrent deux, un mage venant de monter les escaliers chargea un sort de boule de feu.

Inès couru vers lui pour l'éliminer avant qu'il n'envoie son sort.

« Trop tard ! » dit-il

Il envoya son sort, se dirigeant sur Inès.

Ce sort la tuerait si elle se le prenait en pleine face.

Enzo chargea un saut rapide et dépassa Inès pour la pousser en arrière.

Il se pris la boule de feu en plein corps et ses HP tombèrent à 0.

Au lieu de se désintégrer en lamelles de codes, il se releva plein de haine.

Un halo rouge autour de son corps se faisait remarquer.

« Noooooooon Enzo ! Noooooon !!!! » cria Inès.

Il chargea son meilleur coup spécial et élimina le mage.

Il tomba sur le côté et dit à Inès avant de disparaître :

« Je suis désolé… »

Il disparut en lamelles de codes.

Inès était effondrée, elle n'en revenait pas.

Léna, à moitié sous le choc, pris Inès dans ses bras et la porta jusqu'au salon, pensant que la situation était trop dangereuse.

De notre côté, nous nous battions contre les trois épéistes qu'Ewen avait commencé à attaquer.

Je chargeai un saut et atterrit derrière le premier ennemi, puis j'effectua un combo pour le tuer.

Ewen venait d'utiliser son pouvoir pour congeler les deux autres et nous les tuons juste après.

Je regardais autour de moi pour constater l'ampleur des dégâts qu'ils avaient causés autour de nous, quand tout à coup j'entendis une voix familière.

« Alors ? Content du spectacle ? Je savais que ça vous plairait ! »
Je me retournais du côté est de la ruelle.

C'était Karina, l'une des adjointes du chef des LFH qui nous parlait, accompagnés d'une vingtaine d'épéistes et d'une dizaine de mages.
En plus de cela, elle avait ramené six archers positionnés sur les toits des bâtiments alentours.

« J'ai appris de la dernière fois, Maverick, Ewen, permettait-moi de vous dire que vous vous êtes bien battu, mais cette fois c'est la mort assurée. » dit-elle.

« Tu es encore là toi, cela ne t'a pas refroidi de te faire congeler la dernière fois ?! » commençais-je
Elle me répondit avec un air mesquin :
« Hmpf » en rigolant.
Ewen commença à planter son épée dans le sol et exécuta sa technique spéciale :
« Déchaine-toi ! Congèle-les tous ! » cria-t-il.

Avant que la glace et les lanières gelés de son pouvoir se déchaînent, un archer lui tira une flèche dans l'épaule et un mage invoqua une boule de feu qui réchauffa le sol. Son pouvoir ne sortit pas et la flèche l'avait déstabilisé.

Il se releva, et Karina commença :
« Vous voyez, j'ai tout prévu, c'est la fin pour vous. »

Je pris Ewen par le bras, qui rangea son épée et je rentrais avec dans la base à moitié détruite pour rejoindre le salon.

J'entendis derrière moi que Karina était en train de donner des ordres à son bataillon.
J'aperçu tout le monde en entrant dans le salon.
Inès était sur le côté en pleurs et Léna essayait de la réconforter. Elise discutait avec Lilian de comment ils allaient protéger les autres. Florian et Alexandre étaient en train de chargeait un sort surpuissant.

« Vous allez bien ?! » demandais-je au groupe.
« Enzo... est mort… » commença Inès.

Je fus déstabilisé, comment avais-je pu croire qu'il n'y aurait pas de victime de cet attentat... et ce n'était surement pas le seul, nous n'étions pas encore sortis de là.

« On a un plan » dit Elise à son tour.
« Je t'écoute ! » lui répondis-je.

Ewen s'assit et commença à se soigner avec une potion de soins.

Elise commença à expliquer le plan :

« Florian et Alexandre sont en train de charger un sort surpuissant de bouclier pour nous protéger de leur attaque, il devrait résister le temps qu'ils envoient tous leurs boules de feu ainsi que leurs divers sorts. Ils ne se douteront pas que nous avions un bouclier et donc ils vont envoyer leurs épéistes à l'intérieur pour vérifier qu'il ne reste personne.
Alors qu'ils rentreront dans la base, le bouclier se dissipera et Ewen et Léna qui resteront dans le salon, à l'aide de leur pouvoir, se chargeront de détruire les épéistes qui seront rentrés. Pendant ce temps Alexandre, Florian, Inès, Lilian, Maverick et moi nous irons au premier étage et nous sortirons de la base pour attaquer les ennemis qui sont restés à l'extérieur. Cela vous convient à tous ? »

Le plan fit l'unanimité. Inès se releva doucement et promit de venger Enzo.

Nous étions fins prêt, Alexandre et Florian activèrent leur sort.
Les mages, à l'extérieur préparèrent leurs sorts explosifs en tout genre.
Ils les envoyèrent et le bombardement contre le bouclier commença.
Ils pensaient que la chaleur des explosions nous tuerait.
Heureusement que le bouclier invisible nous protégeait.

J'eus un mal de tête assez conséquent comme je n'en avais jamais eu auparavant.

Un souvenir me parvient dans ce moment crucial à notre survie.

Je vis ma famille, qui m'attendait sur Terre, puis un souvenir douloureux tel que la mort de mon oiseau de compagnie ainsi que de mon lapin nain.

« Lala… Panpan … »

Ces deux noms sortirent de ma bouche sans que je ne veuille les prononcer.

Je dois retourner sur Terre, je dois me battre pour ceux que j'ai perdu… Je ne peux pas me permettre de mourir.

Le bombardement se finit. Des larmes coulaient le long de mes joues.

« Allons-y » dis-je plein de rage.

Je fonçai dans l'escalier sans me retourner pour voir s'ils me suivaient comme le plan avait été énoncer.

Je franchis l'ouverture dans le mur d'une telle puissance que j'arriva directement sur le bâtiment en face.

Le premier des archers se tenait là devant moi, je fonçais sur lui et le découpa en deux à la force de mon épée. J'en tua un deuxième et j'esquiva les autres flèches qui étaient tirés contre moi.

Je sautai dans la ruelle pour trancher trois mages grâce à mon combo « Trial Square »

Ma rage commençait à m'emporter, j'avançais bien plus vite que d'habitude.

Plus je me battais et plus des souvenirs avec les êtres que j'ai perdu me revenaient.

Je chargeai un saut et très rapidement j'arriva devant Karina. J'avais tué en tout trois mages et deux archers.
Alors que Karina allait commençait à s'exclamer je chargeai sans la laisser parler.
Mon épée se balançait parfaitement et j'assénais mes coups d'une violence dont je n'avais jamais fait preuve.

Je me pris un coup d'épée de sa part.
J'entendis alors les autres ennemis criaient pour protéger leur chef-adjointe.
Je me retournai et je les vis arrivaient vers moi pour m'empêcher de me battre.
Soudain, une épée trancha l'un des archers, c'était Elise qui venait de le tuer.
Inès et Lilian sautèrent dans le tas de mages au sol. Florian et Alexandre créèrent des sorts pour tuer les autres archers.
J'entendis : « Prenez ça ! Je vais te venger Enzo ! » disait Inès pleins de larmes.

Cela me fit reprendre le contrôle de mes émotions.
« Tu vas payer pour tout le monde Karina » dis-je.

Je m'avançai vers elle.
Elle commença à charger son épée.
Je fis de même.
Je pensai à tous les personnes que j'avais perdu.

Alors qu'elle lança son attaque dans ma direction, je lançais aussitôt mon coup spécial.
Nos épées s'entrechoquèrent.

« Prêtez-moi votre force !!! » criais-je

De mon épée se libéra une force incroyable.
Les souvenirs des êtres chers que j'avais perdu se manifestèrent alors.
Tous les humains que j'avais connu et qui m'étaient cher ayant perdus la vie étaient incarnés là autour de moi, attaquant ensemble Karina. Chacun d'entre eux assénait un coup d'épée à Karina puis disparaissait. Je revis ma grand-mère qui posait une main sur mon épaule pour me soutenir. Elle criait : « Minets, minets, minets ! » comme elle le faisait quand j'étais jeune pour appeler tous les chats qu'elle avait. Les incarnations de ses chats attaquèrent alors Karina à coup de griffes. Alors qu'elle perdait tous ses HP, j'envoya un dernier coup d'épée horizontalement pour la transpercer et cette fois, un oiseau, et un lapin s'attaquèrent à Karina.
« Lala… Panpan… » c'était là mes deux animaux de compagnie que j'avais eu sur Terre.

Karina commença à essayer de leur mettre un coup d'épée :
« Dégagez de là »
Je lui criai de rage : « Crève ! »
Je la découpai en deux avec mon épée.

Toutes les incarnations disparurent et Karina explosa en lamelle de codes après avoir perdu tous ses HP.

Je m'effondrais au sol, tous ses souvenirs douloureux sur Terre...
Il me reste encore des personnes que je peux sauver et protéger.
Intérieurement, je remerciai toutes les incarnations qui m'avaient aidé puis je me relevai après avoir essuyé mes larmes. Je venais de tuer Karina et ma rage avait disparu.
Je me retournai vers mes amis, ils avaient tué tous les autres ennemis.

« Vous n'êtes pas blessés ? Allons aider Ewen et Léna ! » dis-je.
« Oui ça va ! Allons-y ! » répondit Inès.

Nous rentrons alors dans la base détruite pour aider Léna et Ewen.

Alors que nous franchissons le salon, les murs étaient congelés et la glace semblait avoir était coupé à des endroits (preuve irréfutable qu'ils avaient utilisés leur pouvoir).
Ewen et Léna était en train de se battre contre les deux derniers ennemis.

Elle abattit son épée dans la tête du premier et Ewen ligota avec son pouvoir de glace le deuxième.

Il avait gelé tout son corps excepté sa tête pour qu'il puisse parler.

« Bravo vous avez gérés !! » exclama Lilian.
« Merci, on a fini, et vous ? » dit Léna.
« Ils sont tous morts, même Karina, Maverick était enragé… » répondit Alexandre.
« Super ! Bien joué ! Interrogeons celui que j'ai gardé en vie » commençais Ewen

Je m'asseyais dans un coin de la pièce et je laissai les autres poser les questions.

« Bon soyons clair, dit Ewen, soit tu réponds à nos questions, soit tu meurs »
« Oui... ok… Je n'ai pas trop le choix et je ne veux pas mourir. » répondit-il.
« Dis-nous ce que tu sais sur l'organisation de LFH et ce qu'ils prévoient de faire ? »
« Je ne suis qu'un pion je n'ai pas accès à beaucoup de renseignements... on nous a promis qu'on s'en sortirait avec plein d'argent par rapport à la mission de vous tuer. On a tous cru que cela aurait été facile, ils se sont servis de nous. J'ai entendu plusieurs fois Karina faire référence au projet L, ils ont dit que c'était leur nouvelle arme surpuissante, ils parlaient d'une personne et non d'un objet. Je ne sais que cela… » raconta-t-il.
Après l'avoir interrogé, Ewen brisa la glace et le laissa partir.

« Tu diras bien à ton chef que tous les autres sont mort et que j'aimerais bien discuter passivement avec lui. » lui confia Maverick.

L'homme partit en courant vers le côté est de la ruelle.

« Qu'allons-nous faire maintenant ? On ne peut pas rester ici ils vont renvoyer des renforts et la base est complètement détruite. » commença Elise.
« On devrait aller dormir à l'auberge cette nuit, ce sera bien plus prudent. » continua Lilian.
« Maverick tu devrais vendre la base dans l'état, cela pourra rapporter un certain montant de l'achat à la guilde, on sera tous rembourser en partie. » finit Florian.

Je regardai la fenêtre virtuelle « Guilde » dans mon inventaire et je vis 57% de la base intacte.

« Oui on sera remboursés à 57% de ce que l'on a mis individuellement. Je vais faire les démarches de vente. » dis-je.

« Pendant que tu fais cela, nous tous allons vers l'Ouest du Palier 3 au site de ruines antiques dans le village abandonné pour essayer de trouver ce qui s'y cache. » dit Florian

« Je reste avec Maverick au cas où. » annonça Ewen.

Florian, Inès, Elise, Alexandre, Léna et Lilian se dirigèrent vers l'Ouest tandis que Ewen et moi restions près de la base.

« Tu avais raison Ewen… »

« Hein ? c'est-à-dire ? » me répondit-il

« Je me souviens, il y a deux mois, tu m'as demandé est-ce que c'était une bonne chose d'avoir une base… je n'y avais pas pensé au début mais c'est évident que nous aurions des ennuis... nous sommes la seule guilde qui peut tenir tête à LFH… et par ma faute, Enzo est mort… » dis-je

« Tu ne pouvais pas savoir, tu as fait de ton mieux ! Je suis sûr qu'il veut qu'on continue à se battre pour lui… on verra avec Inès ce qu'elle sait de lui pour contacter sa famille… tu sais, si je meurs un jour et que nos chemins se séparent j'aimerais que tu continues à te battre pour moi et que tu tues ce salopard qui nous as enfermé ici. »

Je le regardai… et j'acquiesça.

Il me prit dans ses bras pour me réconforter.

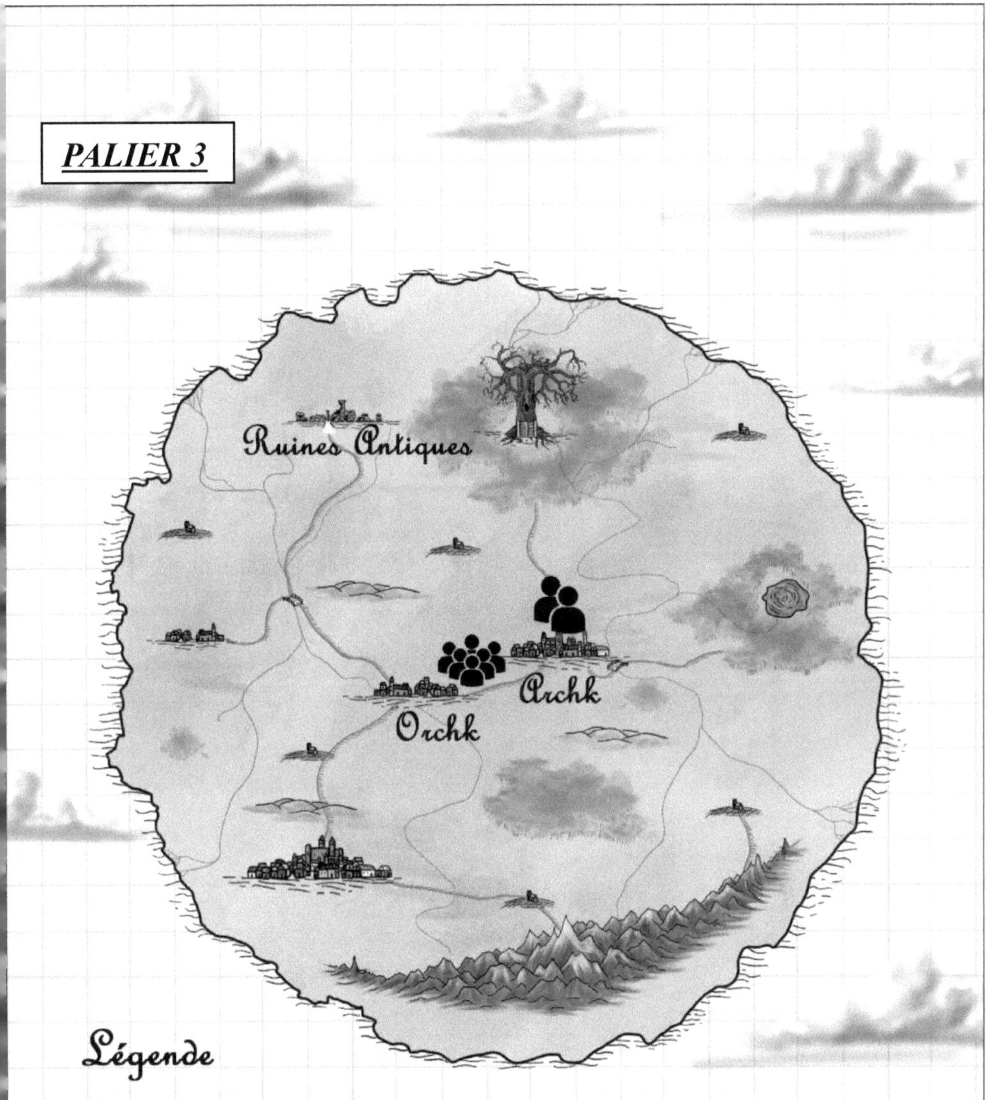

PALIER 3

Ruines Antiques

Archk

Orchk

Légende

 Position d'Alexandre, Elise, Florian, Inès, Léna, Lilian

 Position d'Ewen et Maverick

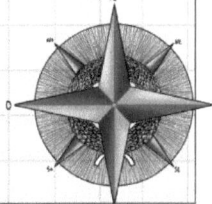

Chapitre 2 : Le secret des ruines

Je vendis alors ce qu'il restait de la base, chacun fut remboursé à hauteur du coefficient imposé.

Ewen reçu un message de Léna pour leur dire qu'ils étaient arrivés aux ruines de l'ancien village.

Nous nous mîmes en route avec Ewen afin de les rejoindre.

Pendant ce temps, Alexandre dit à Florian :

« Je dois aller rejoindre un ami pour le faire venir avec nous, tu peux assurer la position de mage du groupe en attendant ? »

Florian acquiesça sans problème et Alexandre partit chercher son ami Mouss.

Inès cria soudainement :

« Ici ! j'ai trouvé quelque chose ! »

Tous se dirigèrent vers elle.

« C'est une tablette faite de roche avec des inscriptions dessus » commença Elise.

Lilian fit remarquer qu'il y avait une statue au milieu du village avec 4 endroits où il y manque ce genre de tablette.

« Donc on doit en trouver encore trois autres alors ! » en conclut Florian.

« Oui ! On va faire deux équipes ! » dit Léna.

« Florian, Léna et moi on va chercher de ce côté »

Inès pointa du doigt l'endroit dont elle parlait.

« Donc Elise et moi on va par là-bas ! » s'exprima Lilian.

Ils se séparèrent.

Lilian était de la même taille que Elise bien qu'un peu plus grand.

Il utilisait un katana avec brio. Tous les coups qu'il porte à ses ennemis sont bien calculés et il fait preuve d'une agilité hors pair.

Pour lui, sa survie dépend entièrement de sa capacité à protéger ses amis.

Elise fait preuve quant à elle d'une intelligence très développée et ses plans sont presque toujours une réussite.

Elle utilise une épée et acquiert une maniabilité de son arme qui lui permet d'enchaîner jusque 4 coups dans un combo.

En cherchant dans la ville, Lilian tomba sur un creux dans un mur donnant un accès à une maison.

L'endroit, bien que lugubre et dégradé, n'empêcha pas Lilian de rentrer à l'intérieur.

Elise le suivit.

« Tu penses qu'il peut y avoir quelque chose ? »

« Oui, viens regarde là ! » répondit Lilian.

Il trouva une tablette posée sur une chaise.

Tous deux sortirent de l'endroit et rejoignirent le centre du village.

Pendant ce temps, Florian, Léna et Inès trouvèrent les deux tablettes manquantes.

Alors qu'ils se rejoignirent tous au centre, Ewen et Maverick venaient d'arriver.

« Vous avez trouvés comment entrer dans les ruines ? » questionna Ewen.

« Oui, il suffit de mettre ses quatre tablettes dans cette statue je pense » dit Inès.

Il y avait un emplacement à chaque direction, Nord-Sud-Est-Ouest.
Alors qu'Inès plaça la tablette au Nord, un bruit retentit vers cette même direction.
Une dizaine d'araignées géantes accompagnés de cinq Horus venaient dans leur direction.

« Nous allons devoir nous battre ! Mais d'ailleurs où est Alexandre ? » dis-je.
« Il est parti voir son ami Mouss ! » me répondit Florian.

Ewen et Léna étaient déjà partis en avant.
Florian resta sur la ligne arrière afin de nous soigner.

Inès, Lilian, Elise et moi suivons les deux premiers.

Un des cinq Horus lança un sort d'ouragan.
Un vent très puissant se dirigeait vers nous.
Ewen voulant contre-attaquer, planta son épée au sol, s'agenouilla et activa son pouvoir :
« Déchaîne-toi ! Congèle-les tous ! »

Alors qu'il s'attachait à son épée pour ne pas se faire emporter par le vent, le sol commença à geler, puis des pics de glace sortir du sol pour créer un mur concentrique de glace.
« Venez vite près d'Ewen, on sera à l'abri de cet ouragan ! » dit Léna.

On s'accrocha à lui et l'ouragan se dissipa. Les araignées étaient déjà arrivées à notre portée et avaient montés le mur de glace qu'Ewen avait créer.
Lilian sortit son katana et sauta agilement sur le mur pour s'attaquer à deux araignées.
Inès, Elise et moi le rejoignirent, accompagnés des sorts de soin de Florian, nous venons à bout rapidement des dix créatures rampantes.
Pendant ce temps, Léna et Ewen s'attaquaient aux cinq Horus.
Ewen sauta et frappa l'un d'eux de plein fouet avec son épée.
La blessure de l'ennemi se cristallisa et sous son poids, il tomba au sol.

Ewen l'acheva avec quelques coups.

Pendant ce temps Léna activa sa compétence spéciale et tua, sous le coup des fleurs à épines, les quatre autres Horus.

Le combat terminé, ils se regroupèrent au niveau de la statue.

« Waouh ! C'était chaud ce duel ! » commença Elise.
« Oui, il faut s'attendre à ce que ça ne soit pas le seul… » répondis-je
« On va y arriver ! » dit Inès à son tour

« Il y a un petit problème, je ressens une légère fatigue… » expliqua Ewen
« Tu as du trop utiliser ton pouvoir, même en étant entrainé cela reste compliqué à utiliser ! » continua Léna

« Il faut que l'on s'organise pour durer dans le temps, on devrait peut-être revenir plus tard, on emporte les tablettes avec nous ? On reviendra quand Alexandre et son ami seront là ? » proposa Lilian

« C'est peut-être une bonne idée ! » acquiesça Ewen

Soudainement, un groupe de 5 personnes se rapprochaient de nous.

« Faites attention c'est sûrement des membres de LFH » dit Inès les yeux enragés.

Nous nous tenons prêts à nous défendre en cas d'attaque.

« Bonjour ! Nous venons en paix ne vous inquiétez pas ! » s'exclama le premier

« Bonjour, qui êtes-vous ? Nous ne sommes pas en ville, vous conviendrez qu'il est normal de s'attendre à se faire attaquer, surtout avec la menace grandissante que représente LFH » commençais-je.

« Mon nom est Nicolas, voici des personnes que j'ai rencontré sur le chemin pour venir percer le mystère de ses ruines. »

« Je vais me présenter aussi ! Je m'appelle Timothée, enchanté ! »

« Moi c'est Gauthier, la fille derrière moi c'est Apolline et le gars-là bas qui surveille les alentours s'appelle Peter » continua le deuxième.

Nous nous présentons à notre tour.

Nicolas était de taille moyenne, il utilise une lance aussi grande que lui, c'est l'une des premières personnes que nos héros rencontrent qui utilise ce type d'arme.

Timothée quant à lui utilise une épée à deux mains, plus petit que Maverick, ses cheveux reflètent la couleur du soleil avec leur teinte blanchâtre et ses bras montrent qu'il s'entraine souvent.

Gauthier est de par sa taille le plus grand du groupe, il a une certaine prestance et prends soin de son corps. Il possède une capacité physique hors pair et utilise une épée à une main.

Apolline est la plus timide du groupe, elle est le mage qui s'occupe des soins du groupe, elle possède un livre assez rare qui lui sert d'arme. C'est la plus petite de leur équipe.

Peter tant qu'à lui est un archer en bonne forme physique, il surveille et assure les arrières du groupe.

« Nous avons donc constituer un groupe pour réaliser notre objectif commun » fini Nicolas.

Peter s'approcha : « Je n'ai rien vu d'étrange, il me semble que l'on soit en sécurité. »

Je leur expliquai comment fonctionnait l'énigme des ruines et ils nous proposèrent leur aide.

« On va devoir se battre tous ensemble, ça m'a l'air dangereux alors laissez-moi faire si ça tourne mal ! » commença Gauthier, d'un ton confiant.

« Nous sommes assez pour en faire trois en même temps, faites-nous confiance ! » dit Nicolas.

Lilian plaça la plaquette avec délicatesse sur l'emplacement Est, Inès sur l'emplacement Sud et Apolline sur l'emplacement Ouest.

Le sol se mit à trembler quand soudain des vagues de monstres apparurent dans chacune des directions où une plaquette avait été posée.

Au Sud se battait Inès, Léna, Florian et Nicolas.
A l'Ouest, il y avait Apolline, Timothée, Elise et Ewen.
A l'Est combattait Lilian, Gauthier, Maverick.
Peter s'était placé à proximité du centre en hauteur afin d'aider de tous les côtés avec son arc.

La bataille commença vers le sud, il y avait cinq taureaux alphas, trois lézards géants et deux Horus. Florian s'occupa des soins et resta derrière. Inès fonça en première ligne avec Nicolas pour affronter les ennemis au sol.
Léna, bien que fatigué par l'utilisation de son arme, utilisa la capacité spéciale :
« Déchaînement des fleurs à épines »
Elle pointa son épée vers les Horus et son pouvoir attaqua ceux-ci.

Inès, encore choqué de la mort d'Enzo, s'attaqua aux trois lézards géants. Avec ses combos et doté d'une grande force, elle n'eut pas de mal à leur faire barrage.

Quant à Nicolas, il trancha la tête des taureaux Alpha sans pitié et avec une extrême aisance. Florian lança un sort de boule de feu qui détruit le peu de vie qui restait aux Horus.

Pour la bataille à l'Ouest, Apolline commença par un sort de renforcement.
Ils se battaient contre un énorme golem.
Alors que Timothée fonçait vers lui, Ewen planta son épée au sol.

« Tu es trop fatigué Ewen, reste sur le côté je vais aller aider Timothée contre ce golem ! » dit Elise

Elle partit aider Timothée.
Peter décocha une flèche dans l'œil central du golem, ce qui résultat du déséquilibre de celui-ci. Apolline continua avec un sort de gel qui bloqua les pieds de l'ennemi.
Timothée chargea un saut et se retrouva à hauteur de la tête du golem. Il enfonça son épée à deux mains dans l'épaule du géant et essaya de lui briser le bras. Il s'appuya sur sa tête pour casser le bras et le disloquer de l'épaule.
Soudainement, il fut attrapé par la main du géant qui le serrait de plus en plus fort. Il essaya de se débattre car il perdait de la vie.

Elise arriva pour l'aider et transperça les doigts du géant qui le laissa tomber. Ewen sauta pour le récupérer et amorti la chute.

Elise continua à se battre et Apolline soigna Timothée.

Du côté Est, il y avait trois créatures mutantes, elles avaient un buste de taureau, des bras d'humains, une tête de lion et les pâtes d'araignées.
Lilian, Maverick et Gauthier se répartirent les ennemis.
La première des bêtes sauta sur le toit d'un bâtiment en ruine. Lilian sauta sur le toit à son tour. Il déchaîna son katana et frappa le torse de l'ennemi. Les deux pattes avant lui transpercèrent le corps.

Voyant cela, je chargeai un saut : « Lilian !!! »
Je basculai sur la créature pour la faire tomber à la renverse.
Elle s'écrasa au sol.
« Ça va ?! elle allait te piéger ! » criai-je
« Oui merci ! Allons aider Gauthier »

Il faisait face à deux des créatures. Nous le rejoignons.
Il maitrisait parfaitement sa lame. Il se balançait et effectuait des mouvements parfaits qui touchaient tous ses ennemis. Ayant coupé les pattes de la première créature, il enfonça sa lame dans le torse du deuxième. Lilian tua le premier et je sautai dans le dos du deuxième pour effectuer mon combo « Trial Square » et le tuer pendant que Gauthier l'immobilisait.
Tout le groupe finirent de combattre leur vague d'ennemi.
Nous nous rejoignîmes au pilier central.

« Donc maintenant que nous avons vaincu les vagues de monstres, il doit se passer quoi ? » commença Lilian.

Apolline et Florian soignèrent alors les blessures de chacun.

« Je ne sais pas » dit Maverick

Soudainement, le pilier central et le sol environnant commencèrent à trembler.

« Accrochez-vous !! » cria Lilian

Le sol s'effondra sous nos pieds et tout le monde tomba sur 10 mètres de hauteur.

Nos points de vie en prirent un sacré coup. Je réalisai alors que nous étions dans une salle secrète de ce village abandonné.
Au milieu de cette salle, se trouvait un bouton avec une fenêtre virtuel, sur laquelle il était inscrit « Passer l'épreuve finale ? »

« Tout le monde vas bien ? » commença Apolline.
Quelques-uns firent un signe de la tête pour répondre et d'autres essayaient de comprendre où l'on avait atterri.

Elise prit la parole :

« Je pense que nous devons affronter un ennemi qui apparaitra si on appuie sur ce bouton, c'est l'étape finale de la quête mystérieuse ! »

« Je veux la récompense finale » s'exclama Timothée.

« C'est bien celui qui tue et qui met le dernier coup au boss non ? » demanda Peter.

« Oui c'est exactement ça ! Mais je pense qu'il va être redoutable, il faut élaborer un plan » dis-je.

« Nous devrions nous séparer en deux groupes, en sachant que Thessa vient de m'envoyer un message, elle arrive avec Nathan » continua Elise.

« Alors je pense que Florian, Maverick, Timothée, Apolline, Ewen et moi nous devrions nous placer de ce côté de la salle, et Léna, Elise, Lilian, Peter, Gauthier, Nicolas de l'autre côté ! » expliqua Inès.

Nous nous placions d'après le plan d'Inès.

« Qu'est ce qui nous attend si j'appuie devant ce bouton ? » je pensais intérieurement.

J'avais un mauvais pressentiment…

« Appuie Mav ! » cria Léna.

Si j'appuie... est-ce que nous serons assez fort pour vaincre l'étape finale ?

La même vision que ce qu'il était arrivé durant l'évènement du Palier 1 avec le Dragon me revint.
« Nous ne sommes pas prêts… désolé… » annonçai-je.

Tous me regardèrent avec désapprobation...
« Allez Maverick appuies sur le bouton ! Je te dis qu'on va y arriver ! » forçait Timothée.

Ewen me rejoignit et chuchota :
« Tu n'es pas obligé de l'écouter, si tu ne le sens pas… »

Je le regardais alors dans les yeux :
« J'ai peur, qu'il se passe la même chose qu'avec le dragon… »

« On peut essayer de s'améliorer d'abord si tu veux ? On y reviendra plus tard en espérant que d'autres n'auront pas fait cette quête… »

« Faisons ça ! Je vais leur dire que l'on reviendra plus tard ! Merci bro ! » fini-je

Ewen avait su trouver les bons mots, il me tapota dans le dos en guise de « bon courage » et je dis tout haut :
« On reviendra le faire plus tard ! Trouvons un moyen de sortir de ce trou ! »

Mes amis m'écoutèrent et nous essayons de trouver un moyen de sortir.

« Je vais essayer de charger un saut à toute puissance pour grimper sur l'un des murs et peut-être atteindre la lumière du jour » dit Florian.

Chacun essayait comme il pouvait.

Au bout d'une bonne minute je me rendis compte que quelque chose n'allait pas.

Je me retournai et vis tout à coup Timothée se défaire de l'emprise des bras d'Apolline qui se dirigeait vers le bouton.

« Non ! Ne fait pas ça toi ! » criai-je.

« Et pourquoi donc ? tu vas faire quoi si je le fais ?! » me répondit-il.

« On va tous mourir idiot ! »

Je m'approchais rapidement de lui.

« Eh bien soit ! Que le plus résistant survive et gagne la récompense ! » dit-il avant d'approcher sa main du bouton.

Je ne savais pas s'il était trop tard mais je fonçai alors et plongea sur lui pour l'en empêcher. Je plaçai mon épée sous sa gorge pour le maintenir hors de portée.

Inès et Léna me rejoignirent alors pour m'aider à l'immobiliser.

J'avais peur de ses camarades, Apolline qui m'avait l'air sensée, Gauthier, Peter et Nicolas... tous issus du même groupe. Est-ce que l'on pouvait leur faire confiance ?
S'ils appuyaient sur ce bouton, j'avais le pressentiment ultime que nous allions mourir.

Ewen s'occupa d'immobiliser Apolline, Florian et Elise s'approchèrent de Gauthier.
Lilian plaça son katana de façon à empêcher le moindre mouvement de Nicolas.
Je me dirigeais vers Peter.

« Vas-y Peter ! Appuie sur le bouton ! Il n'y a que toi qui puisse le faire, il faut qu'on gagne cette récompense. » cria Timothée.

Léna lui donna un bon coup de pied dans le ventre, qui le fit taire.

« A quoi bon faire cela Peter, on ne sait pas à quel point le monstre est dangereux… Tu veux juste mourir pour une pseudo-récompense dont on ne connait pas la valeur ? »

J'essayais de le convaincre d'éviter de faire cela.

Il se retourna tout à coup et appuya sur le bouton.
La salle se mit à clignoter et la lumière virait au rouge.

« Oh non... qu'est-ce qu'il a fait ? » dis-je tout bas.

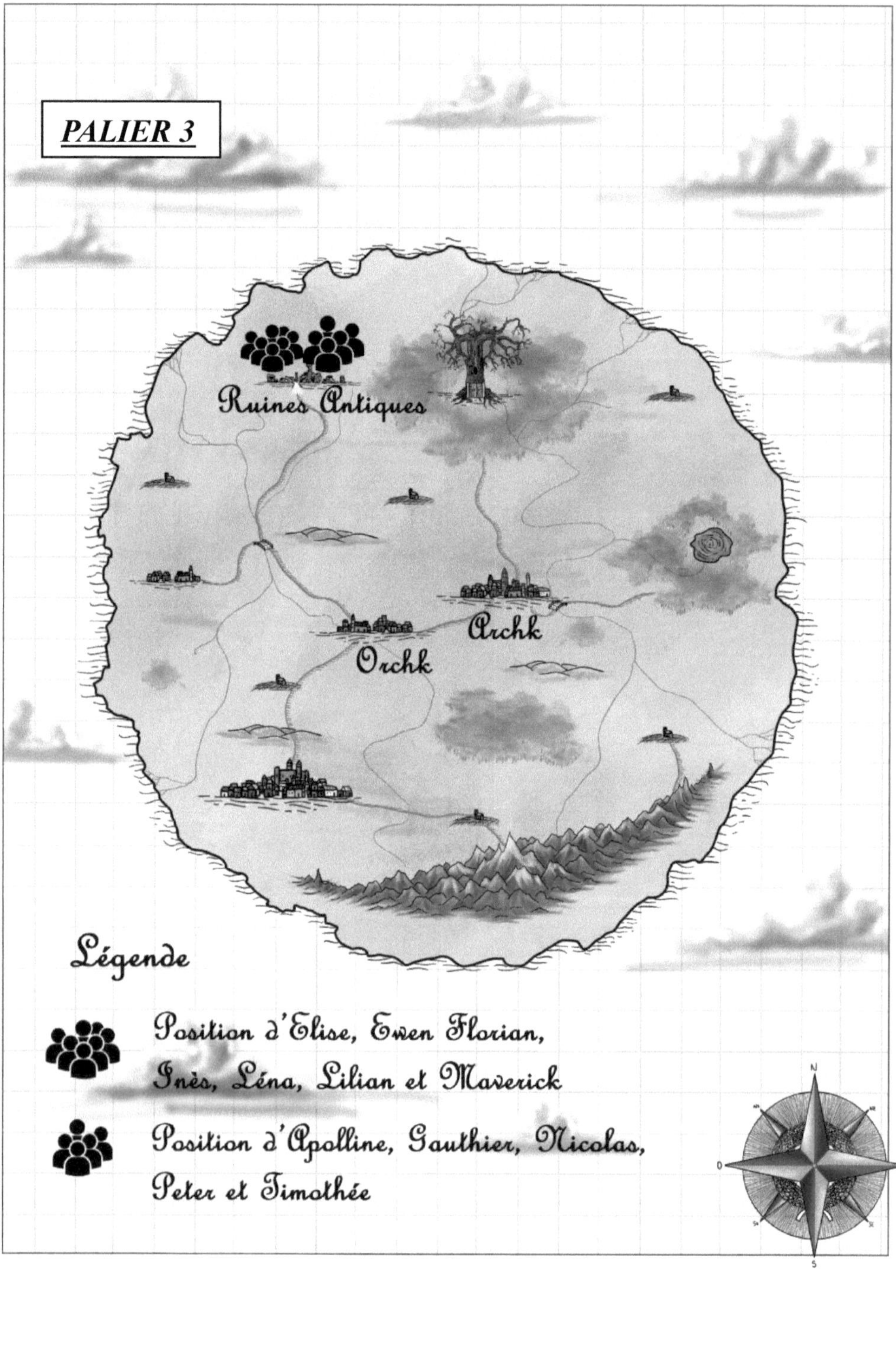

Ruines Antiques

Archk

Orchk

Légende

 Position d'Elise, Ewen Florian, Inès, Léna, Lilian et Maverick

 Position d'Apolline, Gauthier, Nicolas, Peter et Timothée

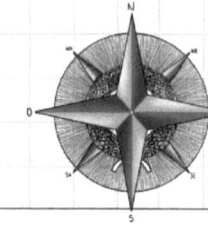

Chapitre 3 : Un avant-goût d'espoir

Alors que les lumières clignotaient, quelque chose apparu au milieu de la salle. C'était un squelette énorme. Il commença à attaquer Inès qui sauta pour esquiver son attaque. Puis il changea de cible et s'attaqua à Ewen.
Il résista et para l'attaque. Je sautai au-dessus d'Ewen et attaqua le squelette en plein visage avec mon combo « Trial Square ».
Il faisait 7 mètres de hauteur et attaquait avec des haches géantes.

Léna et Elise s'approchèrent pour attaquer mais se prirent un coup de hache dans le ventre, qui les envoya valser en arrière dans le mur.

« Léna ?! Elise ?! » cria Ewen.
« Fais attention à toi !! »
Je plongeai sur Ewen pour qu'il tombe en arrière et on esquiva alors le coup de hache du squelette qu'il n'avait pas vu arriver.

« Venez les amis on ne doit pas mourir ! »
Je les appelais pour que l'on s'entraide.

De l'autre côté, Apolline prépara un sort, Timothée attaquait de plus en plus fort les jambes de l'ennemi avec Gauthier. La rage d'avoir la récompense le consumait.

Nicolas attaquait avec sa lance dans le dos de l'ennemi.

Peter, posté sur un pilier de la salle envoya une flèche qui crevai un œil du monstre.
Celui-ci, en colère, abattit sa hache sur Peter qui perdit tous ses points de vie d'un seul coup.
Il tomba et explosa en lamelles de codes au sol.

« PETERRRRRR » cria Timothée.

Avec la rage d'avoir perdu son ami, il enchaina les coups sur le squelette pour l'abattre plus vite qu'avant.

Tout le monde attaquait le mini boss, esquivait les attaques ou essayait de parer.

Je me mis sur le côté et je réfléchissais. Pour un ennemi niveau 50, comme le Dragon, il perd beaucoup d'HP et rapidement… ça cache quelque chose, je dois prévenir les autres.

Je me dirigeai vers Ewen et un coup de hache vint s'écraser dans le sol juste à côté de moi, la secousse me fit tomber.

Florian se préparait à un autre sort. Apolline n'avait plus assez d'énergie pour faire d'autres sorts.

Soudainement, quelque chose tomba du ciel. Une lumière éclatante vint transpercer le bras droit du squelette et une autre attaque celle du bras gauche. Thessa avec sa rapière et Nathan et son épée venaient d'arriver.

« Thessa ! » cria Elise.

« Hey Lilian ! Toujours vivant ! » commença Nathan.

Il se rejoignirent pour les retrouvailles mais l'ennemi n'était pas de cet avis. Il donna un gros coup de pied dans le tas et c'est Thessa qui pris tous les dégâts. Nathan la récupéra en plein vol et il la mit en sécurité derrière lui prêt à parer la prochaine attaque.

C'est alors que Inès s'aperçut qu'il ne restait plus beaucoup de vie au mini boss. Elle mit un coup dans la tête mais ce ne fut pas suffisant.

Timothée vit que c'était sa chance et il ne réfléchit pas. Il fonça sur l'ennemi et mis un dernier coup d'épée.

J'avais enfin réussi à rattraper Ewen et je lui dis :

« C'est peut-être un piège ! Ce monstre est trop simple à tuer... »

Au même moment je m'aperçus que Timothée venait de mettre le coup final.

Toute la barre d'HP du mini boss disparu et tomba à 0.

Un son strident explosa nos oreilles. Puis un compte à rebours :

Il était écrit :

« Autodestruction »

« 5 »

« Vite venez !! » cria Florian qui venait de comprendre la situation.

« 4 »

Inès, Léna, Elise, Lilian et Nicolas, qui étaient proche de Florian nous firent signe de nous rapprocher.

« 3 »

Florian exécuta son sort de bouclier qui protégea ceux autour de lui.

« J'espère qu'il va tenir contre cette explosion » pensa-t-il.

« 2 »

Thessa, Nathan et Gauthier venaient de réussir à rejoindre le bouclier de Florian.

« 1 »

« Vite Maverick ! Ewen !!!! » criait Inès

Elle nous tendit la main.

Ewen réussit à rentrer dans le bouclier.

Je tombai au sol car mon pied était retenu par Timothée qui s'exprima :

« Tu meurs avec moi ! »

« 0 »

Apolline, Timothée et moi étions les seuls à ne pas être dans le bouclier, quand soudain, alors que je me préparais à l'explosion, je vis Ewen me sauter dessus afin de me protéger de l'explosion.

« Je ne donnerais jamais raison à un inconnu et je ne t'abandonnerais jamais. » me dit-il.

« NOOOOONNNN EWEN » cria Léna.

L'explosion retentit.

Elle fut d'une extrême violence.

Je fus claqué dans un coin de la salle dû au souffle.

« Ewen… » pensais-je.

Avant de m'évanouir face au contre-coup de cette attaque surpuissante, j'entendis la même voix que j'avais entendu face au Dragon.

Cette voix, qui ne me disait rien mais qui me semblait si familière.

« Il te reste encore quelque chose à faire, tu ne dois pas t'évanouir maintenant. »

Après le souffle, je me relevai et accouru vers Ewen.

Sa barre d'HP était en train de tomber à une vitesse folle.

Je pris l'objet de son inventaire aussi vite que possible.

« 0 »

Ses HP tombèrent à 0 et il explosa sous forme de lamelles de codes.

Cette vue me choqua.

« S'il te plait fonctionne ! »
J'utilisa l'objet à l'instant même où il avait disparu.
Cela fonctionna à merveille et les lamelles de codes se firent aspirer par l'objet que je venais d'utiliser.
C'était la récompense qu'il avait gagné lors du Boss du Palier 1, l'objet de résurrection.

Je venais de l'utiliser sur lui et son corps réapparu.
J'étais soulagé et je m'effondrai sur lui.

Timothée et Apolline n'avaient pas survécu à l'explosion.

Florian et ceux restés dans le bouclier n'avait perdu que quelques points de vie.
Inès, qui était la dernière « encore en vie » à avoir frappé le mini boss obtenu la récompense. C'était une compétence spéciale uniquement pour elle. Personne ne pouvait l'avoir, cette technique s'appelait : « Reine de la forêt »

Elle décida de garder cela secret pour le moment en disant qu'elle n'avait eu qu'une technique basique à trois coups.

Après un grand moment de silence, Nicolas prit la parole.

« Timothée... Apolline… Peter…Ils sont morts… »

Gauthier le prit dans ses bras pour le réconforter et ils partirent.

« Cette rencontre aura été explosive… » dit Lilian sur le ton de l'humour.

Inès regarda tous ses amis :
« Au moins, on a subi aucune perte de notre groupe »

« Je ne sais pas ce qu'ils vont faire cependant » continua Florian.

« On les reverra, c'est sûr ! » finit Elise.

Après cela, Léna trouva un chemin pour retourner à la surface et tous rentrèrent à l'auberge en ayant ramené Ewen et Maverick.

Inès n'avait pas dit un mot de la journée et s'isola.

« Je vais partir rapidement le temps d'une journée, je reviendrais plus tard. » expliqua-t-elle.

Personne ne réagit sur le coup.

Thessa demanda où se trouver Alexandre, puis Elise lui répondit qu'il était parti mais n'était toujours pas revenu.

Ils n'en savaient pas plus.

Alors qu'en réalité, de son côté :

« Merde ! Mouss non ! »
L'ami d'Alexandre venait de mourir devant ses yeux, il se désintégra en lamelle de codes.
« Il faut que je m'enfuisse avant de mourir »
Il se trouvait face à 6 Horus près de la ville de Matsuké, au Sud-Ouest du Palier 3.

Il utilisa son sort d'invisibilité et s'enfuit, triste par la perte de son ami.
Il envoya un message à Florian pour avoir leur position et les rejoindre.

Une conversation entre Thessa, Nathan, Elise, Lilian, Léna et Florian commença :
« Il faut que quelqu'un surveille et protège Maverick et Ewen pendant que nous nous assurons qu'il n'y a pas de membres de la guilde « Les Fanatiques Harceleurs » d'ailleurs je pense bien que Timothée était un envoyé de cette guilde de tueurs ! » dit Léna

« Je ne sais pas quand cela va s'arrêter… nous devons arrêter la menace avant qu'ils ne mijotent quelque chose de plus gros. » continua Florian

« Justement, il me semble qu'ils avaient parlé du Projet L ? L'homme que l'on a épargné afin de lui soutirer des informations nous la dit » finit Elise

« Enfin bon, en l'absence de Maverick et Ewen il va falloir faire attention, Inès n'est pas là non plus. Il faut faire quelque chose contre cette guilde ! » s'exclama Nathan en colère.

« Cependant, cela fait déjà plus de 6 mois que l'on est au Palier 3... il en reste 7 ! Il va falloir échanger avec la guilde La Morsure du Dragon afin de tuer le Boss ! » expliqua Thessa.

Tous étaient d'accord, ils réfléchirent à un plan en attendant le retour d'Alexandre et d'Inès.

Au Palier 2, une conversation eu lieu entre les 3 chefs de la guilde LMD :
« Je pense que nous devons rassembler tout le monde pour aller vaincre le boss du Palier 3, on pourrait demander aussi au groupe de Maverick d'ailleurs ? » pensa Anais.
« Oui c'est une bonne idée ! » répondit Cloé.
« Je lui envoie un message tout de suite ! »
Jolan ouvrit la fenêtre virtuelle afin d'envoyer un message à Maverick dans la rubrique « Social ».
Il réalisa que son ami était indisponible et envoya un message quand même.

Soudain, une personne accourue vers eux.

« Excusez-moi de vous déranger ! Je viens vous prévenir que notre groupe de soldats qui s'entraine vers le flanc du volcan a été pris en chasse par une soixantaine de tueurs de LFH ! Il faut agir vite ! Leur position semble indiquer qu'ils vont vers Glacarmonie-Ville. »

« Mais, je pensais que le groupe que l'on avait envoyé pour s'entrainer était plus de 30 ? »

« Oui mais ils ont été attaqués par surprise et il ne doit en rester que la moitié ! Il faut les sauver et vite !!! »

« J'y vais ! » cria Cloé en partant en courant.
Elle se dirigea du côté de Glacarmonie-Ville.

Jolan contacta Lilian et lui expliqua la situation, puis il se mis en route avec Anais et quelques autres personnes de la guilde.

Alors qu'Alexandre et Inès venaient de revenir auprès du groupe, ils partirent sans attendre pour aller aider les autres. Ils laissèrent Maverick et Ewen à l'auberge. Florian pris soin de laisser un message virtuel à Maverick afin de leur indiquer la position du lieu où ils se dirigeaient.

Cloé se rapprocha du pied de la montagne et vit au loin, deux groupes de personnes, l'un pourchassant l'autre. Parmi les membres de LFH, il y avait des mages, des épéistes, des personnes avec des couteaux ou même encore des marteaux. Mais plus particulièrement, il y en avait un, qui attira son attention. Il devait faire 2 mètres et était bien plus musclé et costaud que les autres.

« Serait-ce leur chef ?! » pensa-t-elle.

Elle se mit à courir et invoqua un sort de bouclier qui protégea, les 15 membres de sa guilde restants, des attaques magiques des ennemis. Ils la rejoignirent et Jolan, Anais et d'autres arrivèrent en même temps.

L'homme de 2 mètres sortit du lot pour leur parler.

« Alors comme ça, vous êtes les dirigeants de la plus grande guilde de ce monde, c'est bien cela ? »

« Oui ! et on va vous mettre à l'amende ! » cria Anais.
« C'est vraiment dommage d'en être arrivé là, vous tuez des innocents, vous massacrez les gens pour le plaisir ou quoi ? » demanda Jolan.

« Simples ordres du chef ! » expliqua-t-il.

Les esprits s'échauffaient alors, quand Florian, Inès, Léna, Lilian, Elise, Thessa, Nathan et Alexandre les rejoignirent.

« C'est tout, c'est la fin pour vous. » s'exclama Thessa.

Soudainement une mauvaise aura se dégagea de l'homme.
« Il m'a l'air puissant… » ressentit Inès.

Il s'avança vers Cloé et sortit son épée. Elle recula soudainement et fut prête à esquiver l'un de ses coups.
Très rapidement il trancha le ventre de Cloé et la lame la transperça.
Jolan et Anais, apeurés à la vue de la lame dans le dos de Cloé, donnèrent l'ordre d'attaquer.

Cloé perdit tous ses points de vie. Elle se décomposa en lamelles de codes devant ses amis du début.
La lame de l'homme scintilla. Elle aspira toutes les lamelles sorties du corps de la fille.

« Quoi il se passe quoi là ?! » cria Elise.

« Voici donc mon pouvoir. J'absorbe la vie, les souvenirs et les codes des personnes que je tue. A chaque personne tuée, je gagne en expérience et mon épée devient plus forte, la guilde m'a surnommé… » expliqua-t-il.

« Le projet L » continua Lilian.

« OH ! mais ! c'est donc vous ! » il se mit à rire très fort.

Son rire était très terrifiant.

« C'est vous qui avez tués Karina ! elle ne servait à rien de toute façon. Mais je vais me faire un plaisir de la venger en commençant par vous ! Venez augmenter la force de mon épée ! » finit-il d'expliquer.

Il s'approcha dangereusement d'Inès et lança son premier coup. Elle le para et esquiva son deuxième coup.
Les autres membres de LFH s'approchèrent pour combattre avec l'homme.

Elise et Thessa rejoignirent Inès pour l'aider à tenir contre le chef.

Alexandre et Florian lancèrent des sorts de soin pour tout le monde.

Léna tendit son épée vers l'homme et activa sa compétence spéciale.

Les fleurs aux épines se dirigèrent vers lui pour le taillader quand soudain, des mages postés derrière lui envoyèrent un sort de Boule de feu sur Léna et un sort de protection sur l'homme pour l'aider.

Elle se prit le sort de boule de feu en plein dans son armure. Ses HP diminuèrent de 30 points.

Lilian et Nathan se battaient avec les membres de la guilde LMD contre les ennemis qui soutenaient l'homme.

L'épée de l'homme était de plus en plus rapide. A tel point qu'Elise se prit deux coups sans les voir.

« Faites gaffe il est trop rapide reculez ! » cria-t-elle.

Thessa tenta de lui asséner un coup dans le dos.
Il se retourna et para son coup.
L'homme lui donna un grand coup de pied qui envoya Thessa valser plus loin.

« Nooon Thessa ! » cria Léna.

Nathan entendu le prénom de sa copine et se retourna vers leur combat.

L'homme enchaina par un coup vertical puis horizontal et transperça Thessa dans le ventre.
Ses HP commençaient à diminuer.

Nathan fonça vers elle pour la sauver. Avec le peu de force qu'elle avait encore, Thessa transperça avec sa rapière la tête de l'homme.

Il prit sa lame dans sa main et serra fort le poing pour la casser.

« Tchh petite impertinente ! » s'esclaffa-t-il.

Sans perdre une seconde il retira sa lame du corps de Thessa et lança un grand coup en arrière pour frapper Nathan qui venait de l'atteindre.

Il para avec son épée mais la puissance de l'ennemi était bien supérieure à la sienne.

Les HP de Thessa tombèrent à 0 après le dernier coup de son tueur.

« Nathan… je t'aime merci de m'avoir aimé tout ce temps. »

Elle finit par crier ces mots et explosa en morceaux de codes. L'épée absorba tout.

Tous furent dévastés. Nathan avait une rage monstre.

« Tu vas crever, enfoiré ! » dit-il.

Il se dirigea dangereusement vers l'assassin de sa copine et lui asséna un coup dans l'épaule.

« Dégage jeune imbécile » chuchota l'homme.

« Explosion d'énergie » cria-t-il juste après.

Une vague d'énergie intense sortit de son épée. Cela ressemblait à une explosion, mais la fumée était remplacée par des lignes de codes comme s'il pleuvait des morts. L'onde de choc et la vague créée repoussa toutes les personnes à proximité.

Le son qu'elle émit était la voix des personnes tuées par l'homme. La voix de Thessa parvint à l'oreille de Nathan, il l'entendait hurler de terreur.

Dix secondes après toutes ces voix disparurent.

Alors que beaucoup d'hommes de la guilde LFH s'étaient fait tués, le projet L montra ses crocs. Celui qui le représentait, cet homme de 2 mètres, cria son nom :

« Je suis Laris et je vais tous vous tuer ! »

Il commença à tuer un par un les membres de la guilde de LMD.

« Nooon... nooon arrêtez ! » cria de peur Lilian.

Il s'approcha d'Anais pour la tuer quand tout à coup Jolan lança un sort de transformation bien plus impressionnant que lors de son duel avec Maverick.

Il frappa Laris pour l'empêcher de tuer Anais.

Il recula et rejoignit les dix hommes qu'il lui restait.

Face à eux, se trouvait Inès, Lilian, Florian, Alexandre, Léna, Elise, Jolan, Anais et trois derniers membres de LMD.

« Tiens, où est parti Nathan ?! » pensait Léna.

Tous étaient dépité par la mort de Thessa.

Nathan c'était enfuit par honte de ne pas avoir réussi à sauver la femme de sa vie.

Laris les regarda avec pitié.
« Alors c'est donc uniquement de cela que sont capables ceux qui ont tués Karina et repoussés notre guilde de tueurs ?! J'en suis honnêtement déçu. »

« On devrait s'enfuir » chuchota Lilian aux autres

« J'ai aussi demandé aux autres membres de venir savourer une victoire, d'ici deux minutes, environ une centaine d'autres tueurs viendront vous terminer. » s'exclamait-il.

Florian et Alexandre lancèrent un sort de Flash qui éblouit leurs ennemis.

Tous coururent en direction du Sud pour s'enfuir et retourner à Fleuro-village afin de ne pas mourir en étant protégé par le système de ce monde.

Soudainement, à l'horizon, une centaine de personnes arrivèrent pour leur bloquer la route.

Le sort de Flash s'estompa.
« C'est sans issue pour vous » dit Laris.

Ils étaient maintenant encerclés par les membres de la guilde LFH.

« On va donc mourir ici… » commença Elise
Elle tomba à genoux et des larmes commencèrent à couler sur ses joues.

« Comment faire… » réfléchit Lilian

« Je vais essayer de vous protéger avec mon épée divine. » dit Léna.

« Créons une barrière magique surpuissante pour s'enfermer en attendant qu'ils trouvent une solution. » expliqua Florian à Alexandre, Jolan et Anaïs.
Eux quatre étaient de très bons mages.

Ils créèrent une sphère magique ultra résistante pour se protéger de la centaine d'ennemis autour d'eux.

Les sorts de boules de feu, d'explosion, de pics de glaces et d'autres affluèrent en masse pour essayer de briser la sphère qui les protégeaient.

« Comment faire… comment faire ?!! vite réfléchis imbécile ! »
Lilian se parlait tout seul et était en totale panique.

« Je pense que nous devons nous y résigner en fin de compte. Il y a 111 personnes qui veulent notre mort juste là à côté. Nous ne pouvons rien faire. » dit Léna, totalement perdue.

« Ewen... je suis désolée, j'espère que toi et Maverick vous pourrez nous venger… » pensa-t-elle.

Elle lâchait alors son épée pour montrer qu'elle avait abandonné toute forme d'espoir.

La sphère commença à se briser et l'énergie élémentaire des sorts qui avaient été envoyé sur la barrière avait totalement affaibli nos mages.

Le dernier sort ennemi s'abattit sur la barrière magique qui se brisa. Ils étaient maintenant à découvert. Lilian était pétrifié de terreur. Léna pensait à son frère.
Florian, Alexandre, Jolan et Anais étaient au sol, exténué par le nombre de sorts qu'ils avaient encaissés. Elise n'avait pas bougé et était restée sur ses genoux.
Les trois autres membres de la guilde LMD étaient apeurés.
Seule, debout, restait Inès.

« Voilà comment vous allez mourir ! » leur cria Laris.

« Je ne sais pas si je dois le faire maintenant, en ait-je vraiment la force » pensait Inès intérieurement.

« Rayon pulvérisant des âmes ! »
Laris utilisa une compétence à l'épée et dirigea le rayon pulvérisant vers le groupe.

PALIER 2

Lavaville

Salle du Boss

Glacarmonie-Ville

Fleuro-Village

Légende

 Position d'Alexandre, Anaïs, Elise, Florian, Inès, Jolan, Léna et Lilian

 Position de Nathan

Chapitre 4 : Le vrai pouvoir de Glacarmonie-Ville

Inès cria elle aussi une formule récemment apprise :
« Ô grands dieux de la terre, j'en appelle à votre pouvoir !
Prêtez-moi votre force surnaturelle ! »

Elle utilisa sa compétence « Reine de la forêt » qu'elle
avait acquise lors de l'événement du village abandonné.

Alors que le rayon, qui tuerait instantanément nos héros,
s'approchait dangereusement, Inès s'éleva dans le ciel.
Son apparence, ses vêtements changèrent soudainement.
Ses yeux étaient éclairés en blanc. Elle fit apparaitre une
centaine de racine qui formèrent un bouclier en demi
sphère à partir du sol pour protéger ses amis.
Le rayon ne réussit pas à passer à travers les racines et
s'estompa.

Nathan, au loin, observa toute la scène. Il était rongé par
les remords, par la haine.
Il était impuissant et souhaita se donner la mort. Il se
dirigea vers la limite du Palier pour se jeter dans le vide.

Après 10 secondes de transformation, Inès posa le pied au
sol, exténuée par la quantité incroyable d'énergie qu'elle
avait consommé lors de l'utilisation de la compétence.

« Ne perdez pas espoir les amis ! on peut y arriver tous ensemble ! » dit-elle.

Tous se relevèrent.

« Tu as raison on doit se battre » continua Elise.

En effet, en même temps qu'utiliser les racines pour les protéger, elle avait aussi infusé une once d'espoir en eux.

Ils se tenaient prêts à se battre jusqu'à la fin. Les racines retournèrent dans le sol et plus rien ne les protégeait de la centaine d'ennemis autour.

« Laris ! on va te tuer ! » dit Anais tout haut.

Il donna un grand coup qui déchargea une énergie puissante dans le sol. Ils furent secoués et déstabilisés. Cela les ramena vite à la réalité. Ils sont impuissants.

Alors que Laris s'avança vers eux, une voix familière leur vint en aide.

« Désolé du retard les gars ! On est là maintenant, laissez-nous prendre le relais. »
Ewen et Maverick atterrirent entre eux et Laris après un saut chargé.

« Oh mais tiens qui voilà ! l'homme qui a tué Karina en personne avec ses invocations de son épée et sa tristesse. » s'exprima Laris.

« C'est donc toi le fameux projet L… » dit Maverick.

« Vous êtes là ! » cria Léna heureuse de nous voir de retour.

Tout le monde était ravi qu'on soit arrivés.

« Allez Mav, on exécute notre plan et on rentre ensuite ! » continua Ewen.

« Ça me va ! En plus on tient beaucoup de membres de LFH ! »   finit   Maverick.

« Ne croyez pas que vous pouvez faire quelque chose contre moi ! » dit Laris.

« J'ai beaucoup appris sur le pouvoir de mon épée tu sais, cette épée a été forgée à Glacarmonie-Ville, qui bizarrement est la seule ville où aucun PNJ n'existe. Je me suis donc renseigné et il y a deux mois j'ai expliqué à Maverick ma théorie qui se révèle vraie. » commença Ewen.

Maverick pris le relais : « Il n'y a donc personne dans cette ville car l'épée divine d'Ewen a gelé le village avec le temps et la ville était inhabitable pour des PNJ qui ont été retiré par celui qui nous as amené ici. En somme, toute la glace qui est sur cette montagne, c'est le vrai pouvoir de son épée. »
Je montrai la montagne où se situait toute la neige et la glace.

« Vous dites n'importe quoi ! c'est impossible ! maintenant mourrez !! » il s'avança vers Ewen en courant pour le tuer.

Je passai devant Ewen et para l'attaque de Laris.

« Vas-y bro ! Maintenant ! Je te couvre ! »

Je devais à tout prix couvrir Ewen pendant son attaque, j'attaqua alors l'homme de 2 mètres sans relâche.

Ewen commença à réciter la formule qui libérerait tout le pouvoir de son épée.

Laris me poussa sur le côté et s'avança vers Ewen, furieux.
Léna envoya son coup spécial des fleurs à épines pour empêcher l'homme d'atteindre son frère.
Je me relevai et pris encore le relais.
« Tu n'iras nulle part ! » lui dis-je.

Ewen planta alors son épée dans le sol et un cercle concentrique de glace autour de lui se forma.

« Libère toute la puissance cachée au fond de toi ! » cria Ewen.

A ce moment-là, son épée scintilla en un bleu clair puissant.

Comme pour le palier 1, selon les événements, les actions des joueurs etc… les paliers peuvent subir des changements de décor ou d'environnement.

Toute la glace et la neige sur la montagne où se trouve Glacarmonie-Ville fut envoyée haut dans le ciel et rejoignit l'épée d'Ewen.

Toute la puissance cachée de son épée était en train de revenir à la source, après quelques secondes de ce spectacle éblouissant, il ne restait plus aucune trace de glace ou de neige sur la montagne. La ville était désormais libérée de son châtiment d'être gelée.

« Malheureusement je ne peux utiliser ce pouvoir qu'une seule fois, mais je pense que c'est utile maintenant. » expliqua Ewen.

« Refroidis tous nos ennemis ! Déchaine-toi ! » finit-il.

Le cercle concentrique de glace explosa et elle se répandit sur environ 200 mètres aux alentours. Il y avait donc un diamètre de 400 mètres dans lequel, tous les ennemis membres de la guide LFH se trouvaient.

Ewen créa alors une explosion de glace et les 110 ennemis autour d'eux furent congelés. Avec toute la puissance qu'il avait accumulée et la glace de la montagne il fit exploser les corps qui se décomposèrent tous en lamelles de codes.
Il venait à lui seul de tuer un nombre énorme de personnes, tous des assassins de la guilde de « Les Fanatiques Harceleurs ».

Laris, c'était protégé avec son épée et le pouvoir des âmes qu'il avait absorbé.

Ewen se releva avec un peu de mal, il pointa son épée vers le dernier ennemi.

« Finissons-en ! »

Je me plaçai juste derrière lui pour le soutenir par l'épaule afin qu'il ait assez d'énergie pour la dernière attaque.

 De la glace sortit du bout de son épée et Laris fut congelé.

« Plus qu'à briser la glace et il sera mort ! » dit Ewen avant de se mettre à courir vers l'homme.

« Attention Ewen ! » cria Léna.

Il esquiva une flèche enflammée.

Elle vint se planter directement dans la glace, ce qui libéra Laris.

« Quoi ? Comment ? » s'étonna Maverick.

Il regarda d'où venait la flèche.

Au loin, un homme robuste avec une bonne armure et un casque, venait d'utiliser l'objet divin que nous n'avions pas trouvés.

« C'est l'arc qui provoque les flammes de l'enfer ! le troisième objet divin ! » criait-je.

L'homme se dirigea vers Laris, me regarda bizarrement avant de poser sa main sur l'épaule de celui qu'il venait de sauver et utiliser un objet de téléportation.

« Vu son armure, c'est sûr et certain que c'était le chef de la guilde LFH… » pensais-je intérieurement.

Ewen s'écroula de fatigue. Au vu de la technique et de la puissance qui avait été utilisé, c'était totalement normal qu'il tombe dans les pommes.

Léna et moi l'aidons à marcher.

« Allez les gars, relevez-vous... » dis-je doucement.

Tout le monde était déboussolé, le chaos était total.

Plus de 130 personnes venaient de mourir en moins de dix minutes au même endroit.

« Thessa… Nathan… » pleurait-Elise.

« Trop de gens meurent... on ne s'en sortira jamais… on n'arrivera jamais à vaincre le Palier 10 si la guilde LFH continue à tuer des nôtres, ceux qui se battent pour le bien et la survie de ceux qui ont étés capturés. » pensais-je.

Anais et Jolan étaient totalement déboussolés, la perte de Cloé est un vrai choc pour eux.
Ils ont perdu plus de 95% de leurs effectifs depuis la création de la guilde La Morsure du Dragon.

Nathan, au loin, regardait le vide du Palier 2.
« Je ne sais pas quoi faire… je n'ai même pas pu sauver celle que j'aimais… »

Il souffla et avança légèrement vers le vide.

« Est-ce raisonnable ? »

Encore un pas…

« Je ne suis capable de rien… »

Il s'arrêta.
Une voix lui traversa l'esprit :

« Tu dois me venger, je veux que tu vives et que tu sortes de ce monde où nous sommes piégés ! Tu dois vivre pour moi et tuer celui qui a pris ma vie. »

La voix douce de sa défunte amante vint lui réchauffer le cœur.

Il recula.

« Je vais me battre pour toi, je vais tuer ce Laris ! Je le retrouverais et je serais capable de le tuer cette fois. »

Sa détermination était remontée au plus haut.

Inès, Lilian, Florian, Alexandre, Léna, Elise, Ewen et Maverick se dirigèrent vers Glacarmonie-Ville.

Jolan, Anais et les trois derniers membres de LMD retournèrent au Palier 1.

La guilde La Morsure du Dragon fut dissoute. Une bien triste nouvelle qui désespéra les personnes encore en vie, car cette guilde était la plus forte de ce monde.

Glacarmonie-Ville était maintenant libéré de la malédiction de glace.

Alors que le groupe de Maverick arriva aux portes de la ville, un PNJ vint les accueillir.

« Oh mais c'est... un PNJ ! » cria Inès

« Bonjour à vous ! Bienvenue à Glacarmonie-Ville ! N'hésitez pas à vous reposer à l'auberge près de la place centrale où il y a la fontaine ! » dit-il.

Ils commencèrent à explorer la ville. La place où la fontaine était gelée, est un tout nouvel endroit. De la verdure, de l'eau qui coule, des PNJ qui marchent, des commerçants, c'est une tout autre ville.

Arrivés à l'auberge, chacun s'assit autour de la table.

« Beaucoup trop de personnes sont mortes... Pour autant, même si nous avons décimé la guilde LFH grâce au pouvoir spécial de l'épée d'Ewen, Laris seul représente un énorme danger pour le restant des personnes en vie. De plus, leur chef est en possession du dernier objet divin du Palier 2 ce qui le rend dangereux. Nous devons trouver leur quartier général et mener, à leur manière un assaut qui les éliminera de la surface de ce monde et qui nous assurera que plus aucune personne ne meure des mains d'autres humains. » commença Maverick.

« Ça va être compliqué mais je pense que c'est possible. » dit Alexandre.

Alors que la population de ce monde avait grandement diminué des suites de ce combat, le groupe de Maverick se mit un objectif clair, celui de trouver où se cachent les membres de LFH afin de les anéantir. La guilde LMD étant dissoute, beaucoup de personnes avaient perdu espoir et nombreux succombèrent à la tentation de se laisser mourir. Parmi les environ 5 000 capturés, il ne restait plus que 3 000 personnes.

Près de 2 000 personnes avaient perdus la vie et nous n'étions qu'au Palier 3.

De son côté, Nathan s'entraina jour après jour contre des ennemis de plus en plus fort. Il devint l'une des plus puissantes personnes de ce monde.

Ewen et Léna, maitrisaient à merveille leur objet divin. Inès possédait aussi une capacité spéciale qui aiderait grandement le groupe à se sortir d'une situation difficile.

C'est ainsi, qu'une semaine après, Maverick fit une découverte intéressante.

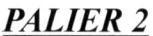

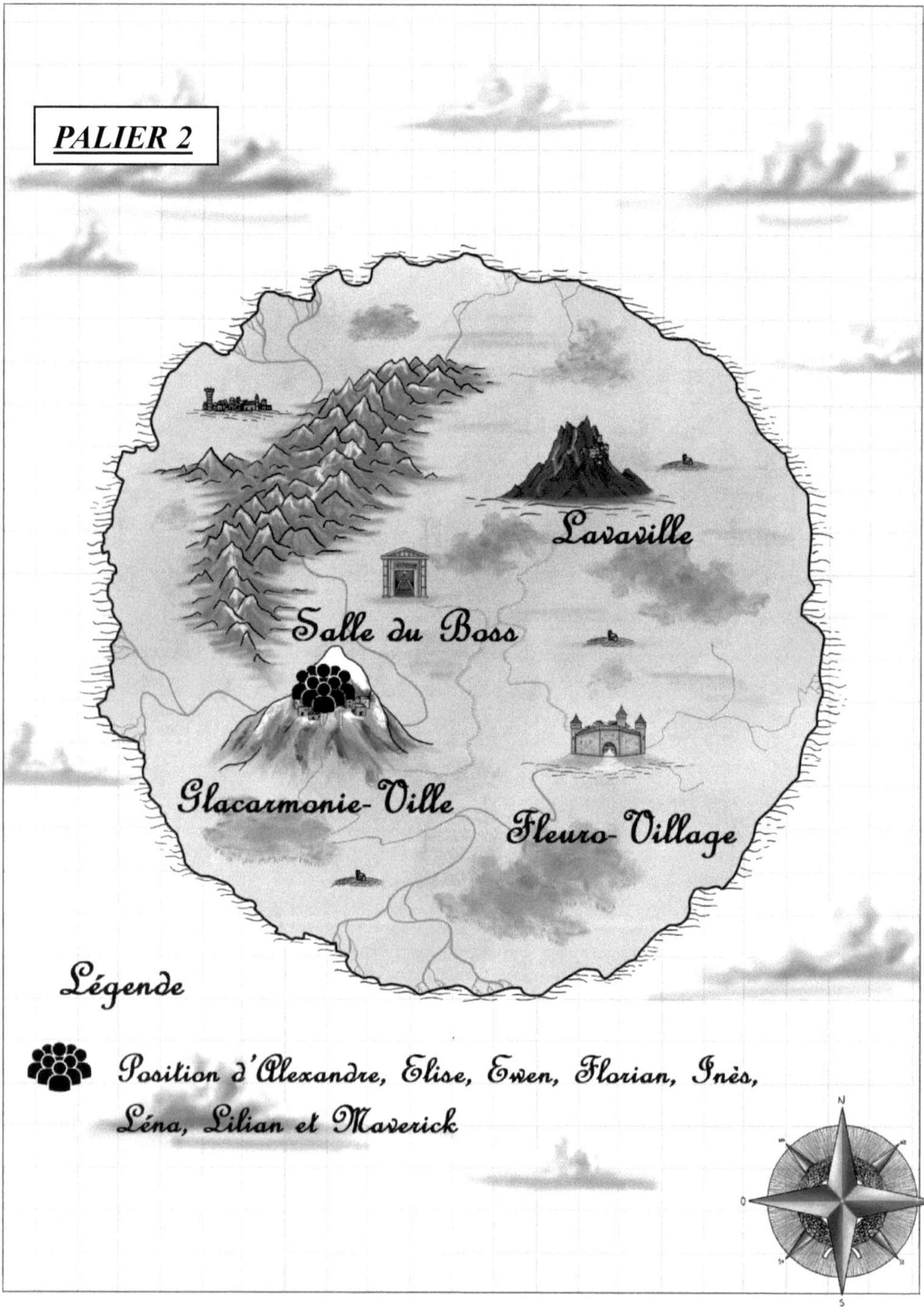
PALIER 2
Lavaville
Salle du Boss
Glacarmonie-Ville
Fleuro-Village
Légende
Position d'Alexandre, Elise, Ewen, Florian, Inès, Léna, Lilian et Maverick
N
O
S

Chapitre 5 : Le colosse de la forêt

« Ça y est ! J'ai trouvé ! » cria une jeune fille

La grande porte de l'endroit où le Boss du Palier 3 vivait venait d'être ouverte.

La fille, accompagné de son acolyte y entrèrent.

Au fond de l'endroit, sur une table faite de pierre, résidait une étrange graine.

L'homme prit la graine et ils sortirent de l'endroit.

« Il n'y avait vraiment rien dans cet endroit, pourtant ça devrait être l'endroit où se trouve le Boss du Palier 3 ! Je n'y comprends rien. » dit l'homme.

« Ah ! Morgan ! Tu es toujours en train de râler ahah ! Imagine, peut-être cette graine vaut super cher, on ne sait pas ! Allons à Matsuké il y aura surement un PNJ qui voudra nous l'acheter ! » répondit-elle.

« Gnagnagna ! Bon d'accord si tu veux Laurine ! » râla Morgan.

Soudainement, Morgan se prit une branche d'arbre et tomba en avant, faisant tomber la graine sur le sol.

« Merde Morgan ! Ça va ? Tu vas être tout sale. » s'inquiéta Laurine.

Il se releva et une lumière se mis à briller au niveau de la graine.
Un tremblement de terre se mis à faire gronder les alentours et une énorme racine sortit du sol.
Elle commença à prendre de la hauteur puis s'étendit sur une trentaine de mètres en diamètre.

« C'est quoi ça !? » crièrent-ils.

Un arbre colossal de 150 mètres de hauteur venait d'apparaitre après que la graine soit tombée au sol.

C'était le Boss du Palier 3 qui surplombait toute la forêt.

L'arbre géant commença à attaquer les deux personnes.
Laurine qui était l'une des plus puissants mages, créa un bouclier pour les protéger.
Morgan de son côté utilisa son attaque surpuissante pour taillader la branche qui s'abattait sur eux.

Soudainement alors que le bouclier de Laurine était en train de casser, un homme grand et fin apparu et s'interposa entre le Boss et les deux autres.

C'était un paladin, l'une des classes rares de ce système qui n'a été accessible qu'a certaines personnes qui ont eu un peu de chance.

Il sortit son bouclier et son épée et para l'attaque de l'arbre.
« Vite fuyez ! Il est trop puissant ! » dit l'homme.

Morgan et Laurine s'enfuirent vers la ville tandis que le paladin luttait contre le Boss.
Dès qu'ils furent assez loin, l'homme s'enfuit à son tour en esquivant les attaques de l'ennemi.

Il les rejoignit.

« Merci de nous avoir sauvé la mise Paladin ! » commença Morgan.

« Oui merci infiniment, quel est ton nom ? » continua Laurine.

« C'est mon devoir, je m'appelle Anthony »

Au loin, derrière eux, retentit un bruit et le sol trembla.

Le boss du palier 3 était en train de s'en prendre à d'autres personnes qui passait près de lui.
Des lamelles de codes explosaient de partout. L'arbre donnait de grands coups de branches ici et là.

« Merde ! c'est de notre faute… » commença Morgan.

Alors qu'il commença à s'avancer pour y retourner, Anthony tendit son épée pour l'en empêcher.

« Nous devons demander de l'aide ! A nous trois c'est impossible de le vaincre. » finit-il.

Au même moment, au Nord-Est de là, le groupe de Maverick venait de finir une quête de chasse. Un grondement sourd se fit entendre.
Inès se retourna et vit pas si loin, l'arbre géant sortir de terre.

« C'est quoi ça les gars ?! » cria-t-elle.

« On est mal ! Ça doit être le boss de ce palier ! Mais pourquoi il n'est pas enfermé comme les deux premiers ? » demanda Lilian

« Je n'en sais rien mais on ne peut pas rester là à rien faire » répondit-Maverick

Il pensa intérieurement :
« Il y a déjà trop de personnes qui sont mortes, de plus, l'indice que j'ai découvert sur le QG de la guilde LFH me permettrait d'y aller maintenant… Il fallait que ce boss sorte juste aujourd'hui comme par hasard ! »

Ewen posa sa main sur mon épaule : « On y va Mav ? »

J'acquiesça et nous partirent en direction de cet arbre géant.

Sur la route, tout en courant, j'expliqua la stratégie à mon groupe :

« Les gars écoutez moi ! Je pense qu'on est assez fort pour le tuer, on a tous dépassé le niveau 65 donc ça devrait aller ! Avec nos pouvoirs spéciaux on a un gros avantage ! Voilà ce que l'on va faire :
Florian tu t'occupes des soins pour tout le monde, Alexandre tu dois envoyer le plus de sorts de feu possibles sur l'ennemi, c'est un type qui ne résiste pas au feu alors profite pour le brûler, ton but est de réussir à créer un incendie avec son corps, pendant ce temps, Lilian, Elise et moi allons essayer de te protéger en coupant les branches qui viendront t'attaquer ! Ewen et Léna vous utilisez le pouvoir de vos armes divines pour faire un maximum de dégâts. Inès, tu attaques les branches avec nous et si la situation devient compliquée il faudra avoir recours à ton pouvoir ! »

« Oui Maverick ! On fait ça ! »

Si seulement nous avions l'arc divin de feu, cela aurait été bien plus facile.

Nous nous rapprochâmes alors de l'arbre qui sentit notre présence.

« C'est parti » cria Inès

Elle utilisa sa capacité spéciale « Reine de la forêt » pour ériger une tour de branches qui sortit du sol. Ses yeux devenus blancs, elle s'était automatiquement enfermée au sein de la tour.

« Je me demande si elle est vraiment elle lors de l'utilisation de ce pouvoir. » dit Lilian.

La tour nous permettait d'être à 70 mètres de hauteur et donc de voir les attaques du Boss arriver.

Alexandre commença à incanter des sorts de boule de feu.

« Il va nous falloir plus de puissance de feu ! Florian passe en attaque et fait pareil qu'Alexandre ! » expliqua Maverick.

Il fit de même.

L'arbre attaqua avec une branche à droite et une à gauche.
« Je me charge de la droite ! Voyez pour la gauche » dis-je

Je chargeai un saut depuis la tour en direction de la branche qui venait vers moi.
Alors que j'arrivais sur elle, j'exécuta mon combo spécial « Trial Square » et je tailladai la branche.
Bien que mon sort soit puissant, je n'arrivai pas à l'arrêter.

Ewen m'avait suivi et il utilisa son épée pour trancher le bout qui restait après mon passage.

La branche de droite fut stoppée.
Je me retournai pour voir si à gauche cela avait été fait.
Je vis Elise, Lilian et Léna la découper en morceaux.

Les sorts de feu explosèrent dans l'arbre un peu partout.
Notre duo de mage avait réussi à brûler l'arbre. Ici et là, l'arbre géant prenait feu. Un incendie commença à se propager en lui.

Il fit un cri assourdissant étrange.
C'est alors qu'une centaine d'Horus se mit à s'envoler dans notre direction.

« D'où sortent-ils ?! » cria Léna

Je les rejoignis en haut de la tour.

« C'est mauvais les gars ! Le Boss les a invoqués ! et au sol c'est pareil, il y a au moins trente araignées qui montent sur la tour ! »

Je réfléchissais à commencer réussir à survivre à cela.
Malheureusement, au même moment, une troisième branche vint frapper la tour qui ne résista pas.
Inès prit beaucoup de dégâts et fut expulsé de la tour qui se désintégra.

Tout le monde tomba. Durant la chute on pouvait apercevoir les araignées qui nous attendaient.

« On va vraiment y passer comme ça ?! » se demanda Elise.

Soudainement, au sol, deux hommes attaquèrent les araignées qui se désintéressèrent de nous. Un sort puissant arrêta notre chute et nous fit flotter dans les airs.

C'était Morgan Laurine et Anthony qui étaient arrivés pour nous aider.

« Je ne les connais pas ! Qui sont-ils ? Ils ont l'air très puissant. » je me demandais intérieurement.

Une fois posés au sol, nous firent les présentations avec Laurine et Morgan pendant que le paladin s'occupait des araignées.

« Nous vous avons vus vous battre du haut de la tour ! C'est nous qui avons déclenché le boss sans faire exprès ! Nous avions besoin de votre aide, c'est Anthony, le mec là-bas qui nous a prévenus que vous pouviez nous aider. » commença Laurine.

« Il faut vaincre le Boss à tout prix, si l'on vous aide, on a une chance d'y arriver ! » continua Morgan.

« Faisons équipe alors ! » proposa Ewen.

Tout à coup, des racines sortirent du sol et nous éjectèrent loin les uns des autres.

Le contre-coup m'assomma et j'étais affaibli. Une branche arriva pour s'écraser sur moi.
Le paladin vint à mon secours et encaissa le coup pour moi, puis sauta pour trancher la branche.

Il retourna au sol, se retourna vers moi en me regardant et me tendant la main :
« Vous allez bien Maverick ? »

Je le regardai, il me regarda, il y eu un genre de malaise confortable qui s'installa.

Après vingt secondes, j'attrapa sa main.
« Oui je te remercie de m'avoir sauvé, Anthony c'est ça ? Comment connais-tu mon prénom ? »

« C'est cela, c'est mon devoir ! Vous êtes connu car ton groupe est l'un des plus fort de ce monde. Je m'intéressais au fait de pouvoir vous aider ! J'aimerais sauver le plus de gens et donc tuer les 8 boss restants ! » s'exclama-t-il.

« Je vois, noble raison je te l'avoue ! »

Le craquement du bois sous la chaleur du feu se fit entendre.

« J'espère que mes amis vont bien ! Je vais aller les aider, merci encore de m'avoir sauvé. » dis-je.

Je récupérai mes HP et je partis à la recherche de mes compagnons.

J'aperçu alors une dizaine de Horus au même endroit. Je couru dans cette direction et remarqua que Anthony m'avait suivi.

Une fois sur place, Florian et Alexandre utilisaient de nombreux sorts pour en tuer plusieurs. Elise tenait Inès à bout de forces dans ses bras et Lilian essayait tant bien que mal de les protéger. J'arriva avec un saut chargé qui me permis d'en tuer quelques-uns avec ma capacité « Trial Square ». Anthony arriva juste derrière moi et termina les derniers ennemis restants.

« Vous allez bien ? Où sont les autres ? » demandai-je.

« Je ne sais pas, j'ai juste vu que Inès est en mauvaise posture. » me répondit Lilian.

« Ne bougez pas d'ici et esquivez les attaques de l'arbre géant. Je pense qu'il n'en a plus pour longtemps, je vais aller l'abattre. Le seul problème c'est les 90 autres Horus qui vont me barrer le passage. »

Florian incanta un sort de puissance qui augmenta beaucoup mon attaque.

« Bon courage Mav ! Tu vas y arriver ! »

Ils m'encouragèrent et je partis. Juste avant cela, j'avais demandé à Anthony de rester et de les protéger si jamais il se passait quelque chose.

Un grand bruit de craquement de bois se fit entendre, suivi d'un rugissement de douleur.
Alors que j'avançais en direction du Boss, l'une de ses branches principales se détacha et tomba en cause du feu.
Il ne devait plus avoir beaucoup de points de vie, cependant la plus grande menace est encore en vie. Les Horus qui traînent autour de lui le rende intouchable.

J'aperçu pas si loin de moi, un combat entre quatre personnes et des ennemis.

« Ewen et Léna doivent être ici ! » pensais-je.

Je les rejoignis, ils étaient en train de se battre. Après leur combat, je tentai d'expliquer mon plan. Morgan et Laurine étaient là avec eux aussi.

« J'aimerais vous expliquer comment je vais procéder mais j'ai besoin de vous. »

« On t'écoute, vas-y » me répondit Ewen.

« Je vais asséner le coup final au Boss et le tuer, le seul problème est le nombre de Horus qui vont me barrer la route si j'essaie d'y aller. J'ai donc besoin de votre pouvoir pour les empêcher de m'atteindre. Il faudrait que vous en tuiez le plus possible. »

« Pas de soucis faisons cela alors ! » dit Laurine.

Je respirais un grand coup avant de me lancer dans la bataille.
J'avais trois épéistes surpuissants ainsi que Laurine, l'une des plus puissants mages de ce Palier à mes côtés.

Elle nous appliqua un sort de légèreté, ce qui nous permis d'aller plus haut et de bouger plus facilement dans les airs, notre agilité étant renforcée.

Chacun chargea un saut pour atteindre l'arbre. Une fois dans les airs, les Horus se mirent à nous attaquer. Avec la vitesse de notre saut, il fallait réagir vite.

Ewen et Léna utilisèrent leur pouvoir d'épée divins.

L'épée à la rose bleue gela une bonne quinzaine d'ennemis qui tombèrent au sol et s'écrasa avec la chute.
L'épée aux fleurs épineuses quant à elle, trancha les ailes de plusieurs autres ennemis, qui disparurent en lamelles de codes.

Morgan s'accrocha sur le premier Horus qui arrivait dans sa direction. Il le tua et sauta rapidement vers un deuxième. Il fit cela avec beaucoup de rapidité. Sa technique s'appelait « Chasseur du démon ». Il s'appuya sur le deuxième ennemi qui était en train de disparaître et sauta vers un troisième. Il en enchaîna plus de vingt avec sa technique et retomba au sol.

Il restait alors une bonne quarantaine d'Horus.
Ils me détectèrent alors que je m'approchais de l'arbre géant.
Ma folle course dans les airs allait s'arrêter à cause d'un des ennemis, mais tout à coup, une énorme explosion se fit retentir juste devant mes yeux en pleins sur l'arbre.

Le souffle et la chaleur balaya les Horus qui restait. C'était Laurine qui me cria « Fonces !» alors qu'elle était en train de retomber.

« Ça y est ! Plus rien ne va me barrer la route, je vais enfin pouvoir le tuer. »

Mon espoir fut de trop courte durée. Le Boss, bien qu'affaibli, se mit à m'attaquer. Un coup de branche que je ne pouvais pas esquiver une fois dans les airs m'envoya au sol. Après avoir perdu 50 HP, je me trouvais proche de la base des racines qui m'attaquèrent à leur tour.

« Eh merde, criais-je, cette fois je suis seul, je dois me débrouiller. »

J'esquiva alors de droite à gauche les attaques de l'arbre géant.

Alors que je courrais en direction de l'ennemi, je chargeai un saut.

Avec la puissance de celui-ci j'arriva au niveau de ses yeux. Une de ses branches allait s'abattre sur moi mais une racine sortit du sol pour me protéger.

Je reconnus là, le pouvoir d'Inès qui venait de m'aider. Elle stoppa l'attaque de l'arbre et je pris appui dessus pour attaquer frontalement le Boss.

J'enchaina les combos et les différentes techniques à l'épée, puis je terminai par un grand coup qui fit tomber les HP du Boss à 0.

Il explosa en lamelles de codes. Au vu de sa taille, l'explosion se répandit sur tout le Palier. Il tombait des morceaux de codes de tous les côtés, c'était beau à voir.

Je retombai alors au sol. Je reçu la récompense du Boss qui était un bocal nommé « Vœu unique ».

Je souhaitai lire la notice, qui m'indiqua :
« Sur la montagne centrale du Palier 4, ton choix sera celui de tous, tu devras choisir entre trois vœux. »

Voilà un objet intéressant qui me servira pour l'exploration du Palier 4 !

Tout à coup, alors que j'allais rejoindre mes amis, je fus plongé dans l'obscurité totale.
Cette même voix que j'avais entendue lors de mon combat contre le Boss du Palier 1 se mis à parler :
« Continue ainsi ! Je crois en toi, tu es le seul qui peut tous nous sauver. »

« Mais qui êtes-vous ? » dis-je rapidement.

L'obscurité s'arrêta et je rejoignis mes amis en me posant des questions sur ce qui venait de m'arriver.

Ils étaient tous là.

« Ouf ! aucun de vous n'a péri durant le combat du boss » dis-je un peu rapidement.

Avant que Lilian et Inès ne puissent s'en rendre compte, deux personnes venaient de les paralyser avec une dague. Je reconnus l'uniforme des membres de la guilde LFH.

Ils tombèrent au sol. Les autres dégainèrent leurs armes et se retournèrent en direction des deux personnes.

« On les as les gars ! Venez tous maintenant ! » cria un des hommes.

Une dizaine d'autres membres arrivèrent en notre direction.

« Que faisons-nous Maverick ?! » cria Elise.

Tout se passa très vite, ils étaient en train de s'enfuir avec nos deux camarades Inès et Lilian.

Léna fonça sans hésiter pour les rattraper, elle balança son épée de droite à gauche en invoquant son pouvoir spécial.

Soudainement, une flèche enflammée traversa toute la forêt en direction de Léna.
Elle utilisa les fleurs à épines de son épée pour se protéger mais la puissance du pouvoir ennemi dépassait le sien.

Elle se fit toucher par la flèche et elle tomba au sol.

« Léna !!! » cria Ewen.

Au loin, mon regard venait de croiser celui que je considérais comme mon nouveau pire ennemi, c'était celui du détenteur du troisième objet divin, le chef de la guilde LFH.

Alors qu'Ewen se dirigea pour aider sa sœur, j'ordonna aux autres de rattraper ceux qui s'étaient enfui avec Inès et Lilian.

Elise, Alexandre et Florian partirent chercher Inès, de l'autre côté, Anthony, Laurine et Morgan s'occupèrent des kidnappeurs de Lilian.

De mon côté, je chargeai un saut pour éviter la flèche de feu qui s'approchait.

« Je vais devoir en découdre avec lui maintenant ! »

J'atterris alors devant lui, il avait un regard ténébreux et malsain.
Je brûlais d'envie de le tuer.

J'avança alors rapidement en balançant mon épée vers sa tête.
Il recula d'un pas puis m'explosa le ventre avec un coup de pied bien chargé, je m'envolai sur le côté jusqu'à ce que ma tête cogne sur un arbre.

Je me relevai et esquiva la flèche qui déracina l'arbre derrière   moi.

« Il va me tuer si ça continue… » pensais-je.

« Comment t'appelles-tu ?! » criais-je afin de lui parler.

« Mon nom est Arthur, et toi ? » me répondit-il.

« Maverick ! Pourquoi avoir créer une guilde de tueurs ? Pourquoi vouloir nous tuer ?! »

Il se mit à rire dangereusement.

« Ce n'est pas drôle de tuer les gens ! Explique-toi ! » je forçais un peu les choses.

« Je te dois bien la vérité avant de te tuer. Après tout c'est toi qui voulais discuter pacifiquement avec moi, pas vrai ? Notre but est la récompense que nous as promis l'Alien qui nous as enfermé ici, sur Terre nous avons conclu un pacte avec lui. En échange de se battre corps et âmes pour tuer les autres personnes qui sont atterris ici, il nous donnerait accès à une bombe nucléaire capable de détruire l'Amérique. Nous, l'organisation secrète des tueurs d'élites du Japon, allons enfin pouvoir nous venger des Américains. Et toi, Maverick, tu es la plus grande menace de notre plan. » expliqua-t-il.
Lorsqu'il prononça mon prénom, mon sang se glaça, l'ambiance était malsaine.
Je savais donc la vérité sur cette guilde de tueurs.

L'Alien qui nous a amenés ici, souhaite nous tester et voir si nous sommes capables de nous défendre contre des forces spéciales, dans un système où nous sommes tous égaux.

Où souhaite-t-il en venir ? Pourquoi fait-il cela ?

J'esquiva la deuxième flèche et chercha un moyen de m'échapper.
Je chargeai un saut et essaya de retrouver mes amis.

« Tu ne m'échapperas pas comme cela Maverick ! » cria Arthur.

Je me retournai et je vis passer une lame à deux centimètres de mes yeux.

« Ahah ! j'y étais presque » dit-il avec sa voix flippante.

Il avait sorti son épée pour me rattraper.

En voulant esquiver la lame je tombai et m'écrasa par terre.

« Alors qui va te sauver maintenant ? »

Il rentra sa lame dans mon ventre afin de m'immobiliser au sol.
Mes HP diminuaient petit à petit avec la blessure de l'épée coincée dans mon ventre.

« C'est la fin pour toi »

J'entendis au loin Elise qui criait « Non ! Lilian ! reste avec nous ! »

Que se passait-il là-bas ? Ils sont peut-être en danger ?

Des pas lourds se firent entendre.

« Ah voilà mon petit protégé » dit Arthur.

C'était Laris, le projet L qui passa devant Maverick et son chef sans leur adresser la parole.

« Que fais-tu là ? je t'avais demandé de garder la base ! » cria Arthur.

Il le regarda, puis se retourna et continua à avancer.
« Je dois prendre ma vengeance, le garçon, Ewen et ses amis doivent mourir. » chuchota Laris.

Quand j'entendis cela, un choc me parcourra.
Je dois aller les aider !
Mais comment ? Je ne peux rien faire…

Arthur décocha une flèche et banda son arc. Il visait ma tête.

Avant que je ne ferme les yeux, j'entendis des cris de souffrance de mes amis.
Que se passe-t-il ?!

J'aperçu au ralenti les doigts de mon ennemi qui lâcha la corde, la flèche enflammée partit à grande vitesse.

C'est ici que se termine le tome 3 d'un Monde Parallèle.

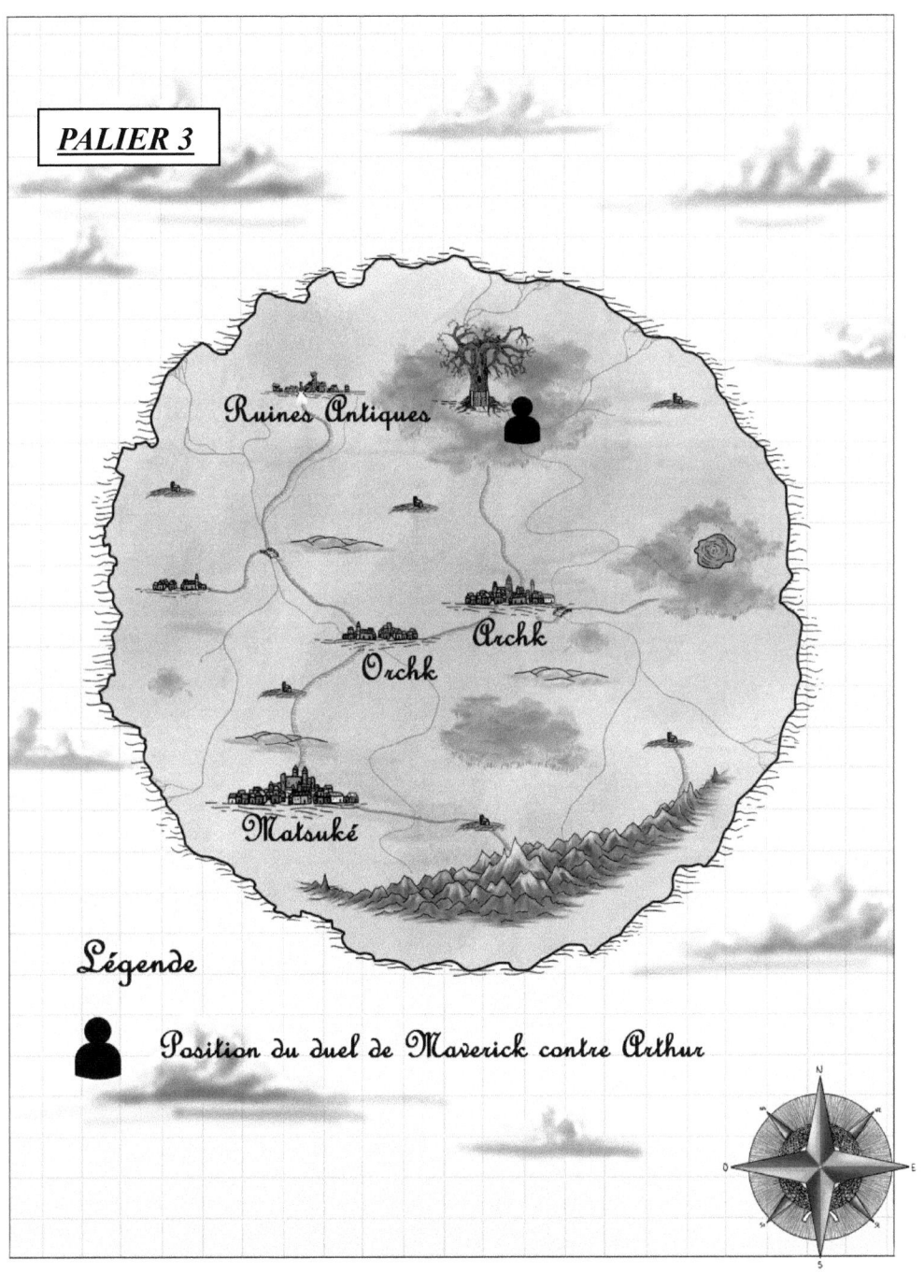

PALIER 3

Ruines Antiques

Archk

Orchk

Matsuké

Légende

Position du duel de Maverick contre Arthur

Merci d'avoir lu mon roman, j'espère qu'il vous aura plu.

Tous les faits énoncés dans ce livre sont issus de mon imagination et ne sont donc par conséquent pas réels.

Copyright et droits d'auteurs exclusif : BREMARD Maverick.

© 2021, BREMARD Maverick
Édition : BoD – Books on Demand,
12 / 14 rond-point des Champs-Élysées, 75008 Paris
Impression : BoD – Books on Demand, Norderstedt,
Allemagne
ISBN : 9782322400744
Dépôt Légal : novembre 2021